玩詩練功房

林德俊（小熊老師）◎文

序　去練，就對了！

　　每個人或多或少讀過一些詩，初始的接觸，是國小課本上的童詩吧！最早的寫作練習，往往從分行的詩開始，而第一句總是困難，老師會給我們例句，有了軌道，依樣畫葫蘆，完成一篇作品似乎沒那麼困難。只是，這讓那些貼在布告欄上的學生佳作彼此相似，因為它們都跟老師提供的範本有些相似。

　　試想，當你走進一座花園，每一朵花都長得一樣，看久了，是否會覺得無趣呢？一樣的東西，不斷重複，最後會膩、會厭煩，那是因為「獨特性」不見了。人們期待看到「不一樣」的事物，那是好奇心使然，創意，恰能夠滿足「發現新大陸」的欲望。

　　在各式各樣的寫作比賽裡，評審也期待看到「不一樣」的作品，也許在題材、語法或觀照角度上特別與眾不同，這樣的作品不見得就最成熟、最完整、最符合文

學標準，即便如此，只要讀到任何一篇「不一樣」的作品（即便是給人感覺「怪怪」的作品），多數評審仍會眼睛一亮。所以，「獨特性」是寫作的基本面，對於「新詩」（現代詩）而言更是如此，畢竟那是追求新意的文體。

十幾年來面對小學、中學、大學、社會人士的「教詩」經驗裡，作者只要有一顆「想跟別人不一樣」的心，寫出來的句子便不會太差。如果寫不出來，那是因為太戒慎恐懼，不敢放膽去發揮。

首先要破除文學的嚴肅性，用一個又一個「遊戲」抓走心中那個膽小鬼，創作者應該自由自在地「做自己」。大量練習有其必要，讀和寫的練習比重應盡量均衡，別太快去評判作品的好壞，老師或詩會同伴可以扮演「積極的讀者」，陪著一起去推敲每一個細節：「為什麼這個地方要這樣寫？」「如果換個字或換個詞會有什麼效果？」「多一個字或少一個字會變得如何？」「要不要把這兩行合併成一行，或把那一行切割成兩行？」「標題有無其他方案？」……

　　大家一起做實驗，走一趟歧路花園，在這過程中，享受詩的趣味。讀詩和寫詩，都該進入這樣的運轉模式。當你能用「認真對待每一個字」的心情去寫詩，必也能用「認真對待每一個字」的心情去讀詩。讀跟寫沒有一定先後順序，讀有助於寫，寫也有助於讀，讀跟寫可以密切地交錯。

　　這些平時的練習，不必急著打分數，甚至，作品的「完成度」也不必強求，重點在激起創作的興致與意志，當你樂於寫、敢於寫，引出那條線頭，發展了雛形，剩下便是更長遠的功課，那需要時間的沉澱，甚至需要靈感的機緣，一首詩的完成，本非一朝一夕。

　　本書提供了一套獨樂、眾樂兩相宜的「練功法」，這些方案的研發，來自無數場與學生、與同好、與教師們的互動與交流。在觀摩其中的詩作舉例時，希望練習者保有「跟別人不一樣」的獨創意識，不亦步亦趨地「模仿」，而能「舉一反三」。

　　這不是一本死的祕笈，它在過往的基礎上推進，累

積了前人的智慧，亦歡迎老師們針對不同的互動對象，予以變造，增加詩例，因材施教。對於練習者而言，只需本著玩心，輕鬆以對，便能放大詩歌探索之旅的愉悅。

在文學講堂與座談裡，我一再面臨台下拋來「詩是什麼？」這個大題目，如果要我提供一個放諸四海皆準的「標準答案」的話，那便是：去讀、去寫就對了，如果你只是一直在門外徘徊、觀望，你永遠也無法感受堂奧裡的美妙。

套句我的武術老師說的：要把拳學好，說再多也沒用，去練，就對了！

如果你對於這個答案不夠滿意，請趕緊翻到下一篇，快速把握詩的概貌。

大補丸 你可以七步成詩

　　詩，跟任何文學書寫（包括散文、小說、戲劇……）一樣，都需具備「言之有物，表之有情」兩個條件。「言之有物」是內容面，「表之有情」是形式面，當形式妥切包覆了內容，才算理想的藝術。

　　於我而言，新詩（現代詩）是兼具效率與美學的傳達，完美體現「極簡主義」精神。無論長詩、短詩，文本中每一個詞句，都是細心經營的結果，每一個字都被擺在正確的位置，增一字太多，少一字則不足。好詩貴在「不說盡」，提供大量留白空間，讓讀者以想像力去填補——因此，詩的面貌可謂「朦朧」。

　　學詩過程也有其朦朧之處，現代詩的自由體、多義性、神祕主義……種種「性格」，常逼得我們只能憑「直觀」去感受詩，難對其作出具體定論。

　　不過，仍有不少詩人、詩評家、詩教育工作者試圖

把詩的過程具體化，用詩以外的語言談詩，談得有趣且合理，引領不少好奇寶寶進入詩的堂奧。

我喜歡以一套「七步成詩」法則來歸納詩的過程：

1. 好奇→ 2. 發現→ 3. 感覺→ 4. 想像→ 5. 形容 → 6. 經營→ 7. 完整

沒有「好奇心」的人，將一切視為理所當然，他就不會「發現」日常生活中的超現實之處，如此一來，對於微妙細節視而不見，「感覺」因此收斂，無從以「想像力」去延展不凡的所見所感，當然也就不會用波浪般跳躍起伏的語言去「形容」他所看到的畫面，由字成詞，由詞成句，由句成篇，重新排列組合，慢慢修整，一步一步「經營」出「完整」的作品。

有好奇心的人，看見一片飄落的樹葉，會問問它打哪兒來？有沒有什麼心事？其前世今生如何？這樣的人，對於路邊的一朵花、一顆石頭，都很有「感覺」，可以感覺到它們的細微變化、喜怒哀樂。有好奇心的人，感覺靈敏，能見人所未見、聽人所未聽、嘗人所未嘗、觸

人所未觸、聞人所未聞,所以可「言人所未言」,彷彿擁有上天賜予的舌頭。

　　寫作教學名師娜塔莉‧高柏在《狂野寫作》裡寫道:「詩是尊笨佛,對驢子和鑽石一視同仁。」這是對詩人的讚語,因為擁有點石成金的能力,所以事物的凡俗定位、外在形貌,對詩人而言並不重要,重要的是,詩人如何去感受它們,詩人看、聽、嘗、觸、聞到了什麼。

　　感受本身無法言語,感受可以傳遞是因為你用言語描繪了它。在「具體而精確地描繪對事物的感受」這個舞台或賽場上,還有誰的能力比詩人更高強?

　　詩人具有把凡俗幻化為美感的巨大能量。其初始,只是好奇。

　　以好奇心為基底,透過種種練習(有時只是發呆冥想、漫步賞景,或者隨性文字塗鴉,無所為而讀地翻閱詩集),琢磨觀察細節的能力,發現可書之對象,開放五感,融入自由想像,精確描繪,完成漂亮比喻,落筆,發展結構,反覆精鍊……如此,一首好詩不遠矣。

目錄

基本功

練招式

解惑篇

尋找個人代表字

　　2008 年起，《聯合報》與遠東集團徐元智基金會合辦「台灣年度代表字」活動，邀請各領域專家學者和意見領袖提出候選字，再交由民眾票選，票數最高者即為該年度的代表字。2008 年至 2013 年，分別選出亂、盼、淡、讚、憂、假為代表字。這個活動其實已有先行者，日本 1995 年起舉辦「今年之漢字」，後來在不同的華文社會中，陸續演化出各自版本的代表字活動。

　　姑且不論選出來的那個字，是否真能代表一年一地的社會狀況或人心趨向，就文學意義而言，這是一個無比「詩意」的活動，其過程是「精鍊」，用極簡

的篇幅，濃縮一個廣大的範疇，把一種幽微不明卻又
具體存在的什麼，予以鮮明化。篇幅最小的極限，便
是一個字，要用一個字精準地表達「一年」，幾乎是
不可能的任務，俗話說「一言難盡」，指的是：事情
非常複雜，無法在倉卒間用簡單的話把它說得清楚。
一言（簡短的一句或幾句話）都難盡了，何況是一
字！

　　所以當然不會有眾人一致認同的年度代表字存
在，畢竟每個人在那一年裡的經歷、體會都不同，甚
至可能「差很大」。

　　無論選出哪一個字，由於「一字難盡」，所以那
個字必定有很大的詮釋空間，如何「解字」（解讀一
個字），每個讀者都可以有他個人的判斷與聯想。

　　這讓我想起「測字」，那原本是就漢字的字形構
造推測吉凶禍福的占卜方式。輕鬆一點看待的話，測

字也可以轉化為一種遊戲，讓某人寫下一個字，由另一位具有相當文字素養的人試著解讀藏在那個字背後、某人的內心世界，描述其過去與現在，勾勒其未來。作為被測字的主角，寫下哪個字受測，不必想太多，要接受直覺的帶領，腦海中浮現哪個字，就把那個字寫下來，這樣的字才能代表自己的內心。

　　如果把一個字想像成一個人，那麼這個「字」擁有什麼樣的外貌、個性？

　　翻開字典，隨手指到某個字，你便可自問：這個字給我什麼特別的印象？我喜歡或討厭這個字嗎？這個字是好是壞、是美是醜？試著說說那個字，給它一些形容。字典裡用許多個字去解釋一個字，可見一個字裡不止一個字，一個字著實不簡單，裡頭能有大乾坤。閒來無事，翻書指字，多面向、多角度地去感受它，會強化我們對文字的敏銳度，不知不覺提升用字

遣詞的功夫。

　　□□代表字，是一種很棒的文學練習，這樣的練習會引著我們朝向詩意。□□除了填入「台灣」，也可換成學業、感情、旅行、未來……在選字過程中，我們會更認識自己，認識字，也從中學習：認真對待每一個字。

　　台灣年度代表字容易產生「代表性是否足夠」的紛歧，那麼，何不把代表的範圍縮小，不求代表台灣（社會），改為尋找屬於你的「個人代表字」，如此一來，當可破除眾人意見相左的矛盾尷尬。選哪個字，不必集體的認同，只要通過你自己這關，能夠自圓其說，說出為什麼選這個字、這個字如何代表自己即可。時間範圍也可不局限於「一年」，可下修至「一學期」、「一個月」，甚至「一天」，亦即：專屬於我的個人學期代表字、月份代表字、今天代表字……

　　自己提出個人代表字，那是用一個字進行自我觀照，裡頭也可能透露著對未來的期待。

　　某個同學在課堂上練習個人代表字時，提出了「默」這個字，解釋起來很有意思，默讓人聯想到「沉默」，這位同學大概是個不愛說話的人吧！可是不愛說話不等同於不會說話，他也許是比較低調而已，所謂「沉默是金」。

　　還有同學提出「困」這個字，是個負面意義的字，顯然他被一些問題困擾著，彷彿一棵樹（木）身陷牢籠，施展不開；然而他提出了這個字，代表他意識到這個問題，並且開始正視問題，那是突破牢籠的開始。「困」乍看負面，其實隱含著某種積極性呢。

　　另有人提出「誰」，他拋出「我是誰」的疑惑：我該成為一個什麼樣的人？我如何活出真正的自己？我該滿足別人的期待，還是做自己喜歡的我？

　　昭鈞小妹妹提出的字是「昀」，取其本名「昭」左半部的「日」，加上「鈞」右半部的「勻」，重新組合成一個昀字：日＋勻＝昀。她莫名地喜歡上昀這個字念起來柔和舒適的感覺。

　　除了自我陳述之外，同學們也可互相各說各自提出來的字，看看被提出來的字是否符合平時對那位同學的印象，這也是進一步了解彼此的機會。

　　古靈精怪的瑤瑤同學建議，應該把這個尋找個人代表字的活動命名為「字我遊戲」，因為「字中有我，我中有字」呀。大家都很喜歡這個名稱。自言「字」語的活動，有了意外的收穫。

給「我」妙形容

「喂，你找誰？」接起電話，劈頭就這麼一句。

「我找你啊！」

「你是誰？」

「你難道認不出自己的聲音嗎？我就是你啊！我就在你家也就是我家樓下，快來開門吧！」

該不會是從前或未來的自己跟哆啦A夢借了時光機，穿越而來了吧？

如果是從前的自己，應該認得出來。如果是未來的自己，因為還沒在鏡中看過未來自己的模樣，所以……嗯，可能會是老爸和現在的我的綜合體？或是把現在的自己加幾條皺紋、黑髮換成銀髮、步履蹣跚

一點？

　　不過，也有一個可能，那個來「找我」的「我」，就是「現在的我」。

　　可是，就算認得出「這個自己」的長相，我知道「我」在想什麼嗎？「我」究竟是一個什麼樣的人？

　　我是誰？我有多認識自己？我是否認識全部的我？

🐾 自我介紹小撇步 🐾

　　讓我們換個場景，回到國小初次入學的第一堂課，老師要我們自我介紹，每人用一分鐘的時間。

　　「大家好！我是林大雄，家住學校對面，媽媽開理髮廳，爸爸在銀行上班，有一個姊姊，但我其實很希望有一個弟弟，這樣就可以一起去公園池塘邊玩丟石頭，而不是在家玩洋娃娃或辦家家酒……」

「我是張小丸，看我的身材就知道，我很愛吃東西，最愛吃糖葫蘆和紅豆餅，但是不愛吃巧克力，巧克力好苦！」

「我是陳魯夫，我打球很厲害，經常打贏高年級的大哥哥喔，我體力也很棒，跑操場十圈都不會累。以後玩躲避球或老鷹捉小雞一定要找我。」

每一個人介紹自己的方式不盡相同，但大抵離不開家庭背景、嗜好、專長乃至身高體重血型生肖等一般「個人基本資訊」的範疇。在這些片面的三言兩語當中，別人可以抓住關於你的一些物件、動作或畫面，開始認識你這個人，因為有了這些訊息，你這個人的形象便顯得「立體」或「具體」多了。所以雖然只是初次見面，別人還是可以從你簡短的「自我表達」當中，得到你的故事的線頭，並以此為引子，進一步與你有更深刻的互動，一起交織故事。

　　愈來愈長大，你有更多機會主動或被動的介紹自己。升學時申請學校，你可能被要求提出自傳或小傳（簡短的自傳），這類型的文章往往必須羅列自己的「豐功偉業」，得過什麼獎、一些特殊表現紀錄之類的，你必須用具體的事蹟來證明自己具備某些能力或條件。

　　出社會後，在一些社交場合，難免要交換名片，名片上寫著你的工作、職稱或身分。有趣的是，當我拿到作家朋友的「個人名片」（當中有些人並不為特定公司行號做事，換言之，自己當老闆，是產出和收入不太穩定的那種），很少在上頭看到「作家」或「小說家」、「詩人」字樣，彷彿那是個遊手好閒、見不得人的身分，更多時候，他們寧願打上「自由文字工作者」（重點在「工作」兩字）或「寫作班講師」這類看似比較「積極進取」的身分。

稍微尷尬的時刻是，當別人主動遞出名片給你時，不回敬一張似乎顯得不禮貌。而我不太喜歡在非工作場合端出自己的工作身分，又厭倦了老是搬出「忘記帶名片」這理由搪

➔ 長得像統一發票的創意名片：消費主義發票詩

消 費 主 意

中華民國98年1到12月份
收銀機統一發票
（收執聯）

Tel:0937798168

變相消費合作社
（社長：林德俊）

dechun ＠ ms36.hinet.net
Poetry ✕ Shopping ＝ Richness

2009-01-18 00:00

6X6條購物清單

項目　　　　　售價

喧鬧的獨語　　孤身安筆墨
明媚的憂鬱　　山水入牢籠
純美的狼藉　　微霧覆眼簾
蒼勁的斑駁　　風雨吹危樓
痛快的牛步　　迷宮藏隙縫
宜人的騷亂　　投石點死水

合計現金：
壞日子一疊夾好日子一串

時間孜孜不倦消費你
你滋滋有味消費自己

塞，於是突發奇想，開始自製一些「創意名片」，它
們有的長得像身分證，有的長得像發票、廟籤、彩
券……其實一張名片就是一首詩，藉由名片的創意形
式及上頭的搞怪文字，暗示對方：你眼前這個人是個
不折不扣的詩人或藝術家。

❧ 寫一個獨特的自己 ❧

在數位時代，愈來愈多人擁有個人網路社交平
台，臉書或部落格都有類似名片的欄位，要你簡短的
介紹自己，因為這並非應試，你可以自由自在的「微
書寫」，俏皮或華麗的「秀自己」，用貼近自己喜好
的腔調與格式，創意的「書寫自己」。

譬如一個暱稱為「erato」的網友在臉書的資訊欄
如此書寫自己：

記憶是鉤
把一個個故事釣了上來
風溫習愛情的味道
我們把彼此抱得更緊

寫作時，內心是靈動的貓、以文字與人親近的海豚。

你注意到
了嗎，在網路
環境，大家更喜
歡用「分行體」來
傳遞訊息，彷彿人人
都有興趣當個詩人。但
你不因文字分行就真的升格
為詩人，正牌的詩人得語言
精鍊、善用意象、思緒躍動……

「erato」懂得用貓、海豚的形象來類比自己，整段夢幻氣息的文字，在行家眼中，她當然夠格被視為一個正牌詩人。

把「erato」的文字「翻譯」得白話些，她說的是：「我很像貓，因為貓兒給人一種神祕、輕巧的印象；我也很像海豚，因為海豚給人一種溫和、友善的感覺。」

「erato」在「喜愛的名言」欄位，則填入她自己所寫的二行詩：「陸上優游的魚海裡爬牆的貓／白日夢在生活的縫隙裡逛街」，嗯，誰規定自己說的話不能是名言！

從這位網友的自我介紹裡，我們感受到一股聰慧自信的特質，既冷（像貓）且熱（像海豚），愛作夢（魚在陸上游、貓在海裡爬的超現實幻境），是個淘氣的朋友哪。

詩人與乞丐

因為詩追求「極簡主義」，企圖在極小篇幅裡裝載極大意境，所以當你想要以文字來從事自我表達時，詩的形式絕對是個值得取經的對象。如果沒有精巧的運用語言，表達效果會產生多大的差異呢？

我從日本作家大塚壽的文章裡讀到這則故事：

傳聞法國詩人安德烈‧布勒東在美國紐約遇到了一個盲乞丐，乞丐脖子上掛的牌子寫著：「我的眼睛看不見。」然而此舉似乎勾不起路人的憐憫之心，他乞討的碗裡空空如也。這時布勒東前去幫他將標語改為：「春天即將到來，而我卻無法親眼欣賞這一切。」結果，陸續有人停步、駐足，布施的金額開始多了起來。

「我的眼睛看不見」是一件事實的忠實描述，「春天即將到來，而我卻無法親眼欣賞這一切」則賦予這件事實一層「我無法領受你能領受的美好」的悲戚，事實不變，但「感動力」增加了。這個故事告訴我們，詩人如何以語言的妙用，完成不同凡響的自我表達。

❀ 用詩來表達自己 ❀

你會如何表達自己？何不試著用詩的語言來形容自己？讓我們用一種婉轉的方式來完成自我的比喻：「我很□□，因為……」

在「我很□□」裡填入一個特別的形象，並說明理由、自圓其說。□□裡可以是人物、動物、植物、物品（例如：大雄、毛毛蟲、玫瑰花、氣球）等。「我很□□」也可以換成「我是□□」的說法，自圓其說時的「因為」可以省略。

如果你卡住了，一時找不到可以填入□□的形象，怎麼辦？

那就開始「調查自己」，可以回到國小課堂上的自我介紹。「我」喜歡什麼？喜歡什麼食物、什麼顏色、什麼味道、什麼季節？喜歡做什麼事？

　　如果喜歡吃甜食，尤其是蜂蜜。那麼，「我」可能是小熊維尼，因為熊喜歡吃蜂蜜呀。

　　也可以到夢境裡去尋找超現實的自己。調查自己的問題也可換成：「我」想要什麼？我希望變成一個什麼樣的人？

　　如果「我」希望能擁有一個屬於自己的星球⋯⋯那麼，「我」該不會是進化版的小王子？

　　「我」也可以很矛盾，譬如：

　　想要擁有一雙翅膀
　　但我有懼高症
　　飛行時，不能超過電線桿的高度
　　最愛飛到住二樓胖虎家的窗口
　　對他扮鬼臉

　　多玩幾次，你會發現，透過形容自己的文字遊戲來觀察自己、想像自己，是一件多麼有趣的事。「我」

可以不只一個，你可以一直玩下去……直到，你認識

了豐富的自己，或找到那一個真正的自己。

詩很好寫，幾行字，便可稱之為詩？不對，詩其實不好寫，幾行字，要充滿戲劇性、爆發力，給人無窮的想像空間，真是難啊！

可詩也沒有那麼難吧，隨便抓取兩個詞，加油添醋，組合一下，不就成了詩句！不信，你試試看。

🐾 具體VS.抽象 🐾

詩是意象性的語言，「意」是抽象的概念、感覺，「象」是具體的畫面、事物，「意象」 是用具體來表達抽象，透過描摹事物的形狀、樣子乃至聲音、味

道、觸感，來表達言外之意。例如在詩裡表達「愛」，通常不直接說「愛」，而用意象來代言，玫瑰可以代言愛情、康乃馨可以代言親情……

初學者常分不清楚具體與抽象的差別，我們可以再舉一個例子：「人」與「女人」這兩個詞相較，後者（女人）比較具體，因為指稱對象更明確、範圍更小；「紅衣女子」又比「女人」具體；「一個垂首（低頭）的紅衣女子」又比「紅衣女子」更具體；「雪地上一個垂首的紅衣女子」到「雪地上一個紅衣女子垂首啜泣」，愈來愈具體、飽滿、豐富。愈具體的詞，愈能勾起畫面，彷彿歷歷在目，可感度自然更高。

詩除了一個意象還不夠，詩是意象和意象之間的跳躍，能夠把兩個差很大的意象連結起來，便能創造出富有想像力的詩句。

❀ 意象字卡隨手玩 ❀

取 20 張現成的空白小卡（也可用厚紙板裁切成名片或撲克牌大小的紙卡），準備一本中文字典，隨性翻開任某一頁，目光掃到哪個詞（最好是指稱對象具體的詞，即意象），便將那個詞寫在一張小卡上。依此方式，如法炮製另 19 張字卡。如此便完成一疊意象字卡。像玩撲克牌一樣洗牌後，任意抽出二張字卡，你便取得兩個意象，這兩個意象是不是差很大呢？

通常如此得來的意象，因尋找意象的過程相當隨機，所以兩個意象不易產生理性、具高度邏輯的連結。

所謂差很大，即在一般常識的認定裡，兩者的相關度很低。譬如，「魚」和「水」屬於相關度很高的意象，「魚」和「雲」則相關度相對較低；又如，「星

星」和「月亮」相關度高，「星星」和「鍵盤」則相

關度低。差很大的兩個意象，必須透過高度的想像力

予以連結，才得以發生關係。要怎麼連，才能連得驚

喜，同時又保有準確呢？

　　以「魚」和「雲」這一組意象為例，可以如此造句：

天上一朵閒雲
坐在湖上
垂著陽光的絲線
釣水中的游魚

　　這樣的詩句把雲擬人化，將太陽自雲間射下湖面的光線比喻為釣魚線，光線穿透湖面，彷彿雲在釣魚。因為魚本在水中游、雲本在天空飄，一個在水下一個在天上，兩者有屬性上的先天矛盾，卻透過文字的想像，找到連結兩者的中介「光線」，塑造了兩者的合理關係，原本無關，卻能有關，於是帶來了驚喜！另外，光「線」之於釣魚「線」，取線之形似，是邏輯成立的類比，使得這四行詩句稱得上精準。

　　再以「星星」和「鍵盤」這一組意象為例，可以如此造句：

　　　鍵盤上敲敲打打
　　　游標閃動，捉不住靈光
　　　所有的字眼都被 Delete 吃掉
　　　黑夜成了我的稿紙
　　　等待星星降臨

　　鍵盤是科技產品、書寫工具，如何與作為自然天象的星星連結起來？這五行例句的作法是，先針對鍵盤作「近端聯想」，鍵盤用來打字，如果正進行創作，需要靈感，靈感一閃而逝、捉摸不定……聯想推進到這裡，出現一個意象「靈光」（靈感的閃光），可與「星星」（閃現的星光）類比，取兩者皆具「閃」之類同特質而完成比喻。其聯想過程是：鍵盤→打字→靈光→星星，鍵盤到打字是近端聯想，打字到靈光也是近端聯想，靈光到星星依然是近端聯想，如此透過三次近端聯想，便完成了鍵盤到星星的「遠端聯想」了。

　　由於打出的字都不滿意於是又刪除（Delete），詩中發話的主人翁一整夜都在修修改改，苦思佳句，所以有「黑夜成了我的稿紙」之比喻，作者企盼著靈光降臨稿紙，如星星降臨黑夜啊。

❈ 激發創意玩法多 ❈

　　這個「意象連連看」遊戲適合多人共玩，在詩社或課堂操作，20 張字卡，一人抽兩張，至少提供了10 組意象的可能，亦即，一次可容許 10 人參加這個遊戲。字卡數量的多寡，可依參與人數調配，若只有五個玩伴，製作 10 張字卡已經足夠。完成練習之後，別忘朗聲分享，彼此激發創意。欣賞完別人的成果，也可把他那一組意象素材取來練習一回。

　　要是只有一個人玩呢？那更簡單，可省去字卡的製作工夫，直接翻開字典，兩次亂點鴛鴦，便取得兩個意象，開始造句。

　　如要增加難度，則一次取得三個意象，譬如一個人抽三張字卡，或在字典亂點鴛鴦三次，開始造句，三個意象都得用上。

　　意象連連看的玩法非常多。如果是集體遊戲，也可讓參與者各自萌發點子，即興貢獻意象。如果是一個人玩，手邊沒有字典，也可把雜誌、報紙當成意象詞庫，上去亂點鴛鴦，取得造句的素材。

　　在許多好詩裡頭，你都可以找得到兩個差很大的意象共存於一首作品中，且看羅任玲的〈風之片斷〉最後四行：

　　影子
　　啊影子
　　召喚著
　　一整座海洋的靜寂

　　其中，「影子」和「海洋」乍看屬性天差地遠，一個單薄，一個壯闊，卻因為詩人找到了兩者的共通點「靜寂」，而讓彼此產生呼應、諧和一致的關係，

同時，又帶來「微小」引動「巨大」的戲劇化張力。

　　讓我們再練一組差很大的意象——「滑鼠」和「森
林」，例句如下：

　　滑鼠落入
　　貓的眼瞳
　　迷路在你表情符號的森林
　　每張臉都在我心裡
　　蟲鳴鳥叫

　　滑鼠為詩中主人翁「我」的化身，將仰慕對象
「你」比喻為貓，則完成心被你攫住，有如鼠被貓捕
捉（落入貓的狩獵視野）的食物鏈形象演示。滑鼠面
對著電腦網路世界，「你」透過表情符號所展現的一
顰一笑，隨時牽動著「我」的情緒變化，這座令人迷
路的森林，可能是「你」的臉書或部落格，當然也是
「我」迷宕如蟲鳴鳥叫的心了。

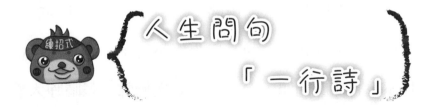

人生問句
「一行詩」

你有問題嗎？

有時候，「沒問題」就是最好的問題了。譬如軍中部隊集合宣達上級指示完畢，班長問：「有問題嗎？」士兵答：「沒問題。」言下之意是：清楚了、已記住、會遵守。

在另一些場合裡，譬如老師講解一個數學題，問學生：「有問題嗎？」當學生答：「沒問題。」言下之意有諸多可能，其一是：嗯，確實懂了。其二是：暫時沒問題，等實際練習解題時，才會碰到問題吧。其三是：其實有點不太懂，但有點羞於發問，而且不太知道從何問起。

　　許多老師在下課前會問：「對今天的上課內容，有沒有任何問題？」通常學生既不答：「沒問題。」也不說有什麼問題。台下一片鴉雀無聲，眼睛睜大看著老師，眼睛會說話，彷彿在說：「快點讓我們下課吧！」

　　作為一個「動感派」的老師，我很喜歡問學生問題，那會激發他們思考（順便趕跑他們的瞌睡蟲），熱絡學習氣氛。如果學生能主動問我問題更好，千奇百怪的問題，考驗著老師的專業度及表達力，因為無法確知學生會問什麼，無從準備起，如何接招，是個挑戰。我衷心期盼每個學生都成為課堂上的「問題少年（女）」，愛發問的少男少女，往往具備獨立思考的能力，也就更願意自行尋求方法去解決生活上所面臨的各種難題，所以，課堂上的問題少年，不容易成為製造社會問題的那種「問題少年」。

　　對於一門無聊的課、不感興趣的內容，你沒問題，往往是因為對它「無感」。那麼，你對什麼感到好奇呢？好奇，就會有問題。學問的基礎，就是從問問題開始的，牛頓發現萬有引力，據說是因他坐在樹下被掉落的蘋果 K 到頭，其他人遇此情況也許摸摸鼻子自認倒楣便離開了，牛頓卻開始問「為什麼」，是什麼力量使得蘋果往下掉呢？

　　如果不設任何內容領域、思考方向的限制，你會想問什麼問題？

　　如果有人問：「為何對面的窗子總在凌晨一點亮起？」這問句透露了什麼訊息？我們不妨來扮演一下名偵探柯南，推理看看：這位問問題的人也許是夜貓子，每每到了凌晨一點還沒睡，所以總能注意到對面窗子在凌晨一點由暗轉亮。讓我們繼續推理下去：對面住的是個上晚班的夜歸人吧，深夜下班，凌晨一點

回到家，才把燈點亮。但也有可能，對面住的是一位與愛人分隔兩地的女子，此地的凌晨一點，剛好是地球另一端的白天，兩人相約在這個時刻互通電話（推理者想到這裡，耳朵彷彿聽見電話鈴聲響起了）。

你可以繼續在腦中搬演各種不同版本的故事，無論如何，這個問句，確實能引出多條故事線。而無論情節如何變化，它應該是離不開「孤獨」的。在城市睡著的時刻，問問題的人醒著，對面窗子裡的人也醒著，發問的人有著眾人皆「睡」我獨醒的一絲孤獨吧，此時對面窗子的燈火，給了他一絲暖意：這個世界，還是有人跟他一樣，在這個時刻醒著，無論對面的人此時此刻在做什麼、想什麼，至少，這世上有兩個人隔著一條街，同步運轉著孤獨，也因此，彷彿沒那麼孤獨了。

「為何對面的窗子總在凌晨一點亮起？」這個問

句，雖然簡短，卻包含豐富的可能，而且有畫面（窗子亮起），幾乎是一首精鍊的詩了。如果下一個標題，譬如「孤獨」、「暖意」、「穿透」或「我們」，便給了讀到此問句的人一個聯想的方向：

〈我們〉◎ 柯北

為何對面的窗子總在凌晨一點亮起？

這樣一首僅有一行的詩（標題不算入行數），具小說感，開了一個「待續」的頭，想像空間極大，彷彿邀請讀者們一起來編織情節。

如果能問個好問題，再下個好標題，就有機會成為一首詩。要成為一首詩，它還必須用字精簡，能以一字表達的便不用二字，能以一句表達的便不用二句。離開寫詩的範疇，你若要問人問題，也不宜問得太長，要問得夠精準，讓對方迅速抓住重點，才是個

有效率的問題。

　　也許有人會問：「一行真能稱得上一首詩嗎？」在篇幅上，不會嫌太薄弱嗎？我的回答是：「一行不一定能成為一首詩，但並非沒有機會，就看你怎麼寫。」

　　在餐桌上，不見得滿漢全席、大魚大肉必能引起食欲，對一個去國多年回鄉的遊子而言，路邊攤一碗懷舊味道的滷肉飯，更勝吃到飽西餐廳好幾倍。同理，一小杯濃縮咖啡，跟特大杯的奶茶 PK，哪杯比較好喝？很難說。寫作一行詩，就是要用迷你杯去對抗大杯、特大杯。

　　詩，運轉的不是「以量取勝」之道，如果能字字珠璣，那麼一行便可成為一首詩。有些一行詩，提供了特別的情境，激發聯想，譬如：

〈我可能在家〉◎逗點貓

世界末日那天，誰會來敲我的門？

　　關於世界末日的討論，一般人會問：「當世界末日來臨，我要做什麼？」世界末日來臨，生命便將終結，此問類似：「在死前，我要做什麼？」是個生死的「大問」，會「釣」出「人生什麼最重要」的各種答案，就問題的內容而言，它問得有重量、有深度，是個好問題。但就語言的姿態而言，「當世界末日來臨，我要做什麼？」少了一點光華，平實了些，還不及詩的水平。若將此問句稍稍轉化，指向一個具體的情境：世界末日，會有一個人來拜訪我，我一定是他生命中最重要的人，以致這個世界的最後一天他仍放不下我，會來跟我說一句「不說便會後悔」的話，他

是誰呢？如果他也是我想的那個人，但我去找他了，我們會不會互相到了對方家門口，卻因無法最後一次相遇而悵然呢？這便是「世界末日那天，誰會來敲我的門？」這首一行詩所「釣」出來的情境。

另有一種一行詩，帶著哲學思辨的味道，譬如：

〈洞〉◎亮晶晶
出口，還是入口？

「洞」在國語辭典裡指的是「深穴」或「穿破的孔」，不過這首一行詩並非真的在探究「洞」的定義，而是試圖以具體的「洞」的意象（畫面），來傳達「一體兩面」的思維：有些人在生命裡挖洞，試圖從封閉的黑暗世界鑽出一條光明的路來；有些人則相反，挖個洞，往洞裡躲，藉以逃避現世，但問題並未解決。

這首〈洞〉，問得俐落，而回聲深遠。

再來看看這首一行詩：

〈嚮往〉◎徐國能

老鷹飛翔的高度決定了天空嗎？

　　人往高處爬，希望功成名就，彷彿嚮往成為天空的王者──老鷹，雄心愈大，飛得愈高，收進眼底的「天下」也就愈大。但換個角度想：「老鷹飛翔的高度決定了天空嗎？」管你飛得再高，天還是一樣寬闊，這個事實不因你飛高飛低而改變，天空，自始至終存在那兒，把你收納進去。以上的思考，對於「老鷹飛翔的高度決定了天空嗎？」的回答便是 No，不，老鷹飛翔的高度「無法」決定天空。這問句一行詩，有點「一山還有一山高」以及「孫猴子（悟空）逃不

出如來佛的手掌心」的趣味。

　　當然，我們也可從陽光面正向地解讀此詩：我們要把眼界放高，像老鷹一樣，飛得愈高看得愈遠，自然不會目光如豆、心胸狹窄了。這樣的回答是 Yes，是的，老鷹飛翔的高度決定了天空。問句一行詩的好處是，答案各憑解讀、想像，只要回答者能自圓其說即好。

　　以上這些詩，都給出一種觀看人生、觀看事物的不凡角度，場景或細微或開闊，但都具體可感。一行詩是一行定天下，每一行都是關鍵一擊，「出人意表」是必要的。因為太短，你沒有什麼鋪陳的準備空間，得直接切入核心，綻放火花。

　　一行不一定成詩，詩也不一定要只寫一行，當你想寫一行詩，便是試圖以最小的篇幅，營造最大的意

境，那是現代詩書寫的一個高難度挑戰。篇幅愈短，愈片面，所以一行詩的難度在於「充實感」的營造。

以問句來寫一行詩的好處是，問句會帶來一種「未完成」的感覺，因為，它等待回答，產生一行如二行的效果。未完成，隱藏著「無限的完成」。好的問句，要問得深遠問得高妙，通常涉及到人生的大課題：生離死別、過去未來、前世今生、事物的本質……

問句一行詩，重點在勾引讀者去思索人生，而非立即取得答案。寫一行詩，以此去探問人生，不止是寫詩的練習，更是人生哲學的練習。最後，再舉出一首標題即為「一行詩」的一行詩，你讀到了什麼呢？

〈一行詩〉◎貓頓

如果不問，陽光是否就沒了答案？

雙重滿意
「告白詩」

你可曾想過要對誰告白？你曾經對誰告白過？

「告白」，是「明白以告」，把心意或想法，清楚地告訴對方，是「我對你說」的一段可長可短的陳述。這樣的陳述，「我中有你」，可對方卻不一定收得到你的訊息，因為，雖然你把告白寫下了，但不見得有機會、有勇氣把告白傳遞給對方呀。

即便是一封「寄不出去的情書」，也不會毫無價值，至少你完成了第一步：把它寫下來。對方收不收得到，或對方收到後領不領情，那是另一回事。當你寫下來的那一刻，便完成了情意的抒發，你對你的心，充分地誠實，因此，告白的第一步，是要「寫下

來」，準備好行動的腳本。寫下來，即便不送出去，也能當作紀念，不怕忘記自己曾有這樣的情意，總有一天，會有機會在某一個時刻讓對方讀到吧。

　　人生在世，總是「有話說」的，說話的對象，不限於人，也可能是家裡的寵物伴侶、路邊的野花小草。種種生活風景，常會勾起你的「內心戲」。陰雨多日後放晴的早晨，你踏出家門一抬頭，心中可能會冒出這麼一句話：「久違的藍天啊，你身上軟綿綿的雲朵，都飄進我心了呢」。人之所以對萬事萬物有話可說，是因為我們都是感情的動物，既然對事物「有感」，便「有話」，在「你和我」的關係中說話，是最具「臨場感」的一種情意傳達。當你在寒冬開心地喝到熱巧克力，可以對著這杯暖呼呼的飲料說：「謝謝你，把我結冰的身體都融化了」。當你這麼說（或寫）的同時，整個世界便生動活潑起來，因為你「心

中有情」，世界也會「有情以報」。

　　澳洲國寶級的詩人漫畫家麥可・盧尼（Michael Leunig）有一本漫畫《You & Me》，提供了一種有趣的世界觀：「世界上任何一種關係，都是由你和我所組成；而生命的所有智慧，都來自你我之間的交流。」當「我」對「你」說話，便產生交流，無論對方是人是動物是植物⋯⋯

　　在人與人的關係裡，告白扮演著相當重要的溝通橋梁，有微小日常的告白，也有慎重其事的告白。微小日常的告白譬如妻子在餐桌的便利貼上對夜歸的丈夫留言：「我對你的愛心，還一直保溫在電鍋裡，你要是膽敢不好好享用的話⋯⋯」這樣俏皮甜蜜的話語，看似無關緊要，其實是夫妻生活相當重要的潤滑劑。慎重其事的告白譬如求婚，求婚告白可得字斟句酌，期盼對方被深深打動，答應與你牽手一生，且參

考大詩人聞一多的情詩〈國手〉：

愛人啊！你是個國手，

我們來下一盤棋；

我的目的不是要贏你，

但只求輸給你——

將我的靈與肉

輸得乾乾淨淨！

在說出「親愛的，請嫁給我」之前，朗讀這一段埋藏「為了你，輸了一生又如何」心意堅決、願全盤奉獻自己的告白詩，想讓對方不感動都難呀。

確實，無論對人對事，人生在世，總是「有話說」的，而且，可以不隨便說說，推敲一下文句，巧心經營腔調，端出晶亮字眼，擺擺文字的 pose，讓情意以曼妙的姿態舞蹈。我們何不「以詩告白」？

　　情詩，是各種詩題材的大宗，「告白體」則又是情詩體式的大宗，喻麗清所編的選集《情詩一百》（爾雅出版），告白體差不多占了一半。

　　稍微回想一下你曾讀過的情詩，是否有許多告白體？

　　譬如席慕蓉〈一棵開花的樹〉：「如何讓你遇見我／在我最美麗的時刻……」（摘句）以及夏宇〈甜蜜的復仇〉：「把你的影子加點鹽／醃起來／風乾……」（摘句）這兩首都是典型的告白體情詩。

　　古早的年代，是「紙條傳情」，到了電子化年代，則改由「簡訊傳情」當道了。試問手機簡訊一則多少字？在如今這個「微書寫」年代，訊息的篇幅當然是愈來愈迷你，但情意可別因此跟著打折。其實從古到今，無論傳訊載體如何改變，「紙短情長」的道理是

不變的；對一個摯愛的人，千言萬語也訴不盡，而詩
恰好是一種高度濃縮的表意形式。有話想說卻說不清
楚，或有話想說又不想說得太清楚，就交給詩這種朦
朧的文學語言吧。許多話說出來也許會令人難為情，
搞得自己也臉紅心跳，何不讓詩來仲介，因為詩愛用
「象徵」，有了象徵幫你迂迴一番，肉麻的話便不那
麼肉麻了。

　　且看尹玲〈進入永恆〉：

　　我是沙
　　你是浪潮

　　濡溼我
　　捲緊我

　　進入永恆

　　此詩將自己（我）比喻為沙，將愛人（你）比喻為浪潮，「我」被動等待，等待「你」前來把我帶走，浪潮拍岸，打溼了沙灘，將沙捲走……日復一日，終至永恆。詩人尹玲寫出了對永恆之愛的渴望，這首詩，可謂一首熱戀之詩。

　　紫鵑的〈縮小〉則畫面更加豐富，「我」化身為山茶花（並將其比喻為「飛鷹的小情婦」），化身為「你」（在詩中「動物化」為「飛鷹」的形象）口袋中的地圖，在「你」面前，「我」一直縮小，而飛鷹雖為猛禽，當其高高騰起睥睨大地，心中卻有一個最柔軟的角落，那便是「我」欲棲息之地啊。此詩寫出了一個小女人無怨無悔臣服於鷹的心思，也盼著「你」遨翔天地之時，口袋裡總有一張地圖（我），作為飛行時終極的方向（飛向我）。

我正縮小
縮小成飛鷹的小情婦
我正縮小
縮小爲一朵山茶花
我正縮小
縮小入你的口袋
我正縮小
縮小成一張地圖
我正縮小
縮小鑽進你心房
最深最柔軟的角落

　　情詩的情境設定，
變化無窮，但有一種情
境，最爲深重，那便是
「遺言」，林覺民〈與妻訣別書〉感人至深，夐虹
的與情人訣別書則是極簡主義版本，來讀讀夐虹的
〈死〉：

輕輕的拈起帽子
要走
許多話，只
說：
來世，我還要
和
你
結婚

　　此詩的形式重點在，多處採「一字一行」的特殊
手法（即便不是一字一行，每一行的字數也極少），
意在強調每一個字都是極為慎重地吐露出來的。詩中
敘事者到「死」前，念茲在茲的是：「如果今世當別
離，但今生情未了，那就相約來世再結婚吧！」這是
撼人而絕美的情意啊。

　　看了多首前人的告白體情詩佳作，可別忘了，
告白體不是情詩的專利。對誰告白，彈性很大，對
象還可以是親人、友人，更可以是自己，或與自己

「有關係」的物（動物、植物、珍藏之物、自然景物……）。無論告白的對象如何轉換，切記告白詩是「讓我詩中有個你」，是我說給你聽的話、我寫給你讀的詩。寫告白詩，「我」的腔調、「我」的思想，決定了告白的模樣，所以這也是尋找自己內心聲音的過程。

逢年過節，寫告白詩，光是挑對象就很有趣，「我」可以寫給哪個「你」呢？從身邊的人開始想起，父母兄弟姊妹老師同學，慢慢擴及到鄰居、路口便利超商的大哥大姊、多年前擁有好交情的朋友。整理舊照片、翻閱從前的畢業紀念冊，你對他們難道無話可說？如果把告白對象設定為自己，譬如一年後或十年後的自己，也很有趣，寫完了，儲存起來，它便成為「時空膠囊」，來日再翻閱，必定百感交集，滋味萬千。

　　好的告白詩，應該符合「雙重滿意」的標準，「情意」、「創意」都要令人滿意，還要把握言簡意賅、詩短情長的要訣，完稿後可以下一個標題。以詩告白，用真心真意搭起「我」和「你」的橋梁。不怕肉麻，只怕陳腔濫調，不夠吸睛喔！

練招式 { 有來有往
「對話詩」 }

　　我們活在一個充滿對話的世界，打從還在娘胎裡，爸爸媽媽就會隔著肚皮對你說話，那時你也許會動動身子，踢踢腳讓「外界」的他們，感受到你的回應。出生之後不久，你還沒學會說話，所以當你肚子餓了會哇哇大哭，親人會出聲「秀秀」，泡牛奶給你喝。在還沒學會人類的抽象語言之前，你便已懂得「對話」，對話的本質，是傳遞訊息給對方，並取得回應，是有來有往的溝通，彼此交流。

　　花草樹木、飛禽走獸、自然天象，也蘊藏著姿態萬千的對話。譬如下雨的時候，彷彿天空向大地傳遞消息，屋頂上叮叮咚咚的聲響，是在給「天空」回話

呢。而蜜蜂辛勤採蜜時，是否像在花兒的耳朵邊嗡嗡嗡嗡地說著悄悄話，你想不想知道花兒心裡作何感想？不妨偷聽一下：

> 蜜蜂：「你是全世界最甜美的花朵，請容我用透明的翅膀爲你朗讀一首情詩。」
> 花兒：「你是要用話語的蜜糖來偷取我的心吧，今天又有多少姊妹醉倒在你的謊言裡了。」

這樣的對話，當然是人的想像，而想像力是一種本能般的欲望，當你獨自一人閒著無聊，左腳右腳便也對話起來：

> 左腳：「天氣眞好，趕緊穿上白布鞋，上山去會會久違的鳳蝶和樹雀。」
> 右腳：「今天可是上班日！皮鞋不許你偷懶，跑去告狀，公事包的臉鐵定黑了。」

讀了這樣的對話，有沒有感受到「童詩」的氣

息？沒錯，童詩是對話的愛用者。翻開各式各樣的童
詩集，很容易發現詩中的「對話」，譬如林武憲〈柳
樹的頭髮〉：

> 柳樹的頭髮又細又軟
> 捨不得把它剪短
> 頭髮愈留愈長，愈留愈長
> 把臉遮住了，把身體遮住了
> 風來幫他梳頭的時候說：
> 「老柳啊，你的頭髮
> 　怎麼不理一理啊？」
> 柳樹說：
> 「人家理髮，是為了漂亮，
> 　我不理髮，也是為了漂亮啊。」

　　這首詩裡的「風」與「柳樹」因為擬人化的手法，
而成了故事的兩位主角。風吹柳條被形容成梳頭的動
作，接著順勢帶出了理髮的話題，柳樹答得妙，他是
為了愛漂亮而把「頭髮」留長啊。對話可以刻畫人

物（在此是被擬人化的物）個性，讓詩境更加活潑。
同時，因為一來一往的辯證，也可訓練小朋友轉換觀
點、從不同角度看事情的能力。

　　周夢蝶有一首「擬童詩」，題為〈藍蝴蝶〉，當
中也有對話的橋段：

> 你問為什麼我的翅膀是藍色？
> 啊！我愛天空
> 我一直嚮往有一天
> 我能成為天空。
> 我能成為天空麼？
> 掃了一眼不禁風的翅膀
> 我自問。
>
> 能！當然──當然你能
> 只要你想，你就能！
> 我自答：
> 本來，天空就是你想出來的
> 你，也是你想出來的
> 藍也是
> 飛也是

　　這個段落中，設計了一個與蝴蝶交談的對象

「你」，蝴蝶作為詩中說話者「我」，把「你」的發

問陳述出來：「你問為什麼我的翅膀是藍色？」然後

開始回答：「啊！我愛天空……」蝴蝶嚮往成為藍天，

所以把自己的翅膀化為藍色。之後蝴蝶又自問：「我

能成為天空麼？」接著自答：「只要你想，你就能！」

如此自問自答，也是對話的一種形式，更是探索解答

的一種方式。

　　你也可比照辦理，寫寫看，譬如這首試寫作：

〈夜之鳥〉◎貓頭鷹

你問為什麼我老是一身黑披風？
啊！我愛星空
撿拾著一顆又一顆
心的火種
在深沉的暗夜裡抬頭
點燃夢一般的閃光

　　楊小濱的〈瓷：斷章十二則〉第七則，也是問答形式的對話詩，而且是更明確的自問自答，僅僅二行：

我想變成一瓶瓷嗎？
是的，如果唯一的眼睛能認出它

　　製作瓷器是一門技術，甚至是一門藝術。選土、練泥、製坯、上釉或彩繪、高溫燒製……嚴謹的工序，加上精湛的技藝，才能燒出一個上等的瓷瓶。此詩道出說話者想要成為瓷瓶一般優秀的人，也道出一種尋找伯樂的心境，畢竟當你努力地錘鍊自己，得以成為一個更好的人，也盼能有識貨者投以珍視的眼光，給予讚嘆或重用吧。

　　當然，詩中的對話，不必局限於問答，讓我們來看看詩壇老頑童管管，如何玩出一場搞怪對話：

〈荷〉◎管管

「那裡曾經是一湖一湖的泥土」
「你是指這一地一地的荷花」
「現在又是一間一間的沼澤了」
「你是指這一池一池的樓房」
「是一池一池的樓房嗎」
「非也，卻是一屋一屋的荷花了」

　　這首詩搞的是「單位」之怪，玩語言遊戲。按常
理，「一湖」、「一池」應該接荷花，「一地」應
該接泥土或沼澤，「一間」、「一屋」應該接樓房；
可是在這首詩中的對話裡，全被理所當然地「錯接」
了。錯接造成的矛盾感，令讀者不由得眼睛一亮！

　　表面上玩語言遊戲，然而遊戲底下毫不淺薄——
強烈的「時間感」被拉出來，曾經的一地泥土經過長
遠的時空變異，可能化為沼澤，可能開為池塘養荷
花，也可能填為平地起樓房。此詩表達了物是人非、

今昔疊映的糾結心境，當遊子闊別多年後回鄉、離家多年後懷鄉，或你端詳一張自己多年前的舊照，都可能產生這種新鮮而奇妙的感受。

想想看，管管的這首〈荷〉有幾個人在對話？至少兩個人。但要說這五句話是出自五張不同的嘴，也可以成立，所以在朗誦時，不妨由五個朋友一起合作，一人揣摩一種腔調，念它一句。

「對話」在詩中的表現，可以你問我答、自問自答，也可以各自表述、多方會談。無論如何對話，通常是「話中有話」，每一句話都隱藏著言外之意，才能一行勝多行，這也是任何一首好詩應該具備的條件。

張開詩人的眼睛，便可以看見人間萬物皆有情的世界，這樣的世界裡，隨時都上演著「內心戲」，當你能自由地出入他、她、它、牠的內心，天真的小孩

便可以聽見老樹的聲音，把不可能的對話化為可能。

〈小孩與老樹〉◎小熊同學

「你在這裡站了百年
腳不痠嗎？」

「你沒發現，我的
枝葉飛上天空跳舞
根莖蜷在土地懷裡午睡嗎！」

這堂別開生面的說話課，就從「以詩對話」開始，

你會發現，你跟許多人事物，都很有得聊呢。

練招式 { 生活物件
　　　　「廣告詩」}

　　生活中，充滿了廣告。「廣告」，即廣為告知，告知眾人，你想傳達出去的訊息。在商業社會，刊登廣告通常要付費，在報紙、雜誌、電視、電台、各式各樣的網路平台、數位載具，或街頭上的招牌、燈箱、看板、建築外牆、公車車體，露出內容。也有不付費的方法，譬如在學校布告欄貼海報、走到街頭發傳單、透過電子郵件大量轉發。

　　一般而言，好的廣告，應鎖定對象，有效傳達，打動人心，創造改變。

　　廣告的執行，少不了文學好手的參與，那是一場遣詞用字的表演，三言兩語，帶來戲劇化的效果，吸

人眼球。甚至搭配美術設計或配樂,完成一場多媒體的展示。

　　商業廣告的目標,是推銷,企圖創造的改變,就是讓廣告的接收者(閱聽人)對一個品牌產生好奇與信任,並掏出錢來購買產品。當然,廣告不一定商業,有些廣告的目標是促進公益或宣導觀念,背後的業主是非營利組織或政府單位。

　　把廣告的定義放鬆一些,今天你到一個地方旅行,欣賞了美好風景,寫一首記錄遊歷心情的詩作,在臉書上張貼出來,吸引一票臉友按讚,紛紛表示也想造訪詩中歌詠的場景。這樣,你等於用一首詩完成了觀光廣告呀!

　　事實上,生活中許多大小事物,都值得一首詩,幫它作廣告,在《51種物戀》這本書裡,作者分別為51個「物」寫一篇隨筆,共寫了51篇文章,觀察、

審視、思索、談論這些東西，不時流露出使用者對於物的感情，文中那種靈光乍現的抒情時刻，讓我腦袋蹦出了詩。作者遞出不少妙喻，把這些句子摘出來，會是很詩意的廣告詞。譬如：

床其實是一艘太空船，航行在兩個世界之間。

床如太空船，這個比喻精準，而且帶來了驚奇。你可曾發現，你的床，每天載著你經歷了不可思議的旅程，往返於現實與夢境之間？

在上一個例子裡，展現的是巧妙的比喻。接下來的例子，則端出一種無比肯定的氣勢：

禱告做不到的事，遙控器可以做到。

這句話透露了科技對生活的主宰，完成一種近乎

神奇的便利與效率,只要按一個鈕,家電可以開機,汽車可以解鎖……很多以前不可能的都變成了現實,這句話甚至透露出一種人定勝天的自信(人造的遙控器勝於上天對人類祈求的回應)。靠著腔調和語法,強化了說服力。

關於生活中的好東西,作為使用者的你,可以用詩說明它的特質、描摹它的美好,發表傳散出去,好東西跟更多人分享是也。為何是詩?即便是《51種物戀》的小品文形式,每一篇當中,令人印象深刻的,也就是如詩的那幾句而已。所以我們就來寫那幾個「關鍵句」就好,這會更逼近廣告詞的書寫。

廣告詞有幾個特質。首先,要簡短。其次,要突出。因為廣告是一種主動招攬目光的行為,當讀者不經意瞥到一幅廣告,你通常只有幾句話、幾秒鐘的時間爭取他的注意,一旦他被你的廣告標語吸引了,產

生了解的興趣，你便有機會邀請他進到更細部的產品介紹。在閱讀動機上，廣告讀者「無求於你」，不會駐足在廣告上太久，所以你只有幾句話的時間，醒目的一句話（即便乍看不知所云），非常重要。如何醒目？亦即，如何完成突出的廣告詞？得依靠「創意」。

創意一方面要「出其不意」，一語驚人，才能製造深刻印象；另一方面要「恰到好處」，十分精準，捕捉到被廣告物的特質，才有說服力。

簡短、創意，這都跟詩的語言特質類同。如果有什麼不同，那就是：詩不為業主（這裡指買廣告來促銷活動或商品的人）服務，詩只為作者服務，如果詩有目的，那也是作者自主設下的目標，換句話說，詩只為自由服務。

以詩的語言寫廣告詞，而且寫的是另類的廣告詞，不服務於特定廠商，這麼一來，也等於解放了

傳統的廣告。今天，你選擇一件東西作為書寫對象，因為該物進入你的生活，且被你的生活刻印，所以這件物不止是物，而顯得有血有肉了。你歌詠它、廣告它，便取消了商業廣告語言的功利性。

為身邊的東西寫廣告詞，其中一個功能是，喚起讀者從不同的角度去注視那些與我們息息相關之物，從而獲得一種抒情效果。

好的廣告詞，往往會有意外卻又精準的比喻。一個好的比喻，能抓住事物間的通性，以 A 類比 B，當 A 與 B 在一般印象裡無甚關係，聯想能力高強的詩人將兩者聯繫起來後，卻顯得那麼有關係，不由得令人眼睛一亮了。

你會想要為什麼做廣告呢？

我們來看看詩人們寫的一些「詠物詩」吧。先看蘇紹連的〈手電筒〉：

你用一隻眼睛看黑暗
被你看到的地方變為光明
我有兩隻眼睛
卻要由一隻眼睛的你帶路

此詩的妙喻是，把手電筒比喻為眼睛。以使用者
（我）對物件（你）表露心聲的「告白體」來書寫，
增添親切感，彷彿，手電筒是朋友或家人。兩隻眼睛
的人需要靠一隻眼睛的它帶路，更說明了人類在某些
時刻（夜間斷電的室內、無環境照明的戶外），對它
深深的依賴。

藍雲的〈傘〉寫得更短、更簡單：

在雨中歡唱
迎向烈日笑
放下身段當手杖

　　此詩以擬人化手法，讓傘歌唱、發笑，甚至能謙虛地收斂自己、放下身段。以迂迴方式點出傘的三項功能：擋雨、遮陽、當手杖，集多種功能於一身，真是不可或缺的「好夥伴」。

　　也可以寫食物，如路寒袖的〈水蜜桃〉：

　　　為了奔赴夏日熱情的邀約
　　　我的臉頰泛起
　　　淡淡的粉紅霞光
　　　我的臉皮薄薄
　　　卻一肚子的甜言蜜語

　　此詩以「物的自述」開展語境，水蜜桃被形容為一位女子泛紅的臉頰，這是對其外型、色澤的精準妙喻，後頭順勢交代其皮薄、味甜的特點。這首詩成功經營出一種情調：一位女子為了奔赴夏日之約（讓自己能在夏天被收成），而慢慢地醞釀自己，讓自己變

得更漂亮（粉紅臉頰）、更有內涵（甜言蜜語）。這樣的水蜜桃，內外兼修，引人垂涎欲滴，卻又想多看幾眼，遲遲不忍下肚啊。

許多「詠物詩」，都是現成的生活物件廣告詩。

跳脫典型詠物詩的範疇，我們來看看更「情境化」的文本，這類文本不止適合當廣告詞，甚至適合當成電視廣告或 YouTube 廣告的腳本。如薆朵的〈燈與女人〉：

一只燈
貼在冬天的臉上
窗，就渲染著微紅溫暖

一個女人
站在岸邊揮手
男人的眼，空手而歸的漁網也微微笑了

　　這首詩由兩段構成，兩段是兩個不盡相同的情境。第一段寫觀者從室外看見一扇點著燈的窗口，第二段寫男人打魚歸來看見守候他的女人；第一段的觀者處在冬冷的室外，第二段的漁夫空手而回，兩者都急切渴望著家的溫暖，幫他驅走寒意或撫平失落。一盞燈，一個女人（妻子），都是「家」的轉喻，兩個形象並置，也完成了相互比喻，燈如女人，女人如燈。若導演用幾個鏡頭，把詩中場景轉換成畫面，便是相當寫意的廣告了。此詩洋溢著令人安心的幸福感，適合用來廣告「房屋」或「保險」，用來廣告「喜餅」也無不可。這首詩可以為哪個生活物件作廣告？答案就在詩裡頭——當然是燈具囉。

　　每一樣生活物件，都可以擁有它的廣告詞。何不試著扮演文字功力非凡的超級推銷員，以詩的語言大展伸手。

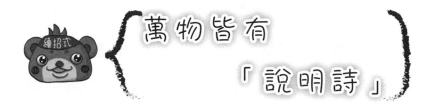

萬物皆有「說明詩」

　　各類家電、食物、生活用品，買回來的時候，通常得閱讀一下說明書，它會告訴你產品的「出生背景」，包括品名、廠商、產地，以及成分材質、使用方法、注意事項、製造及保存期限等重要訊息。

　　說明書，即解釋某事的文書。這是辭典上的解釋。

　　換個說法，說得飄逸些：說明書，是一個東西的身分證，是它的指南。

　　何時需要說明？當讀者面對「知識缺角」的時候，必須有人幫忙把缺角補起來。正常的說明書通常具備如下特質：淺顯易懂，簡單明瞭，不打馬虎眼、

不故作姿態⋯⋯這是「標準化」的說明書。

有沒有「不標準化」的說明書呢？

當我們說：「一個人的自傳，便是他的說明書。」意思是，要認識一個人，從他寫下的自傳，便可窺知一二，甚至了解不少，因為一個人的自傳，會透露他做過什麼事、有什麼想法，也會展現他慣有的文氣或腔調⋯⋯「文如其人」是也。自傳，自己寫自己，而且只寫（自認為）重要的，所以，自傳是自己人生的摘要。

可見，活生生的「人」也可以擁有說明書。而這樣的說明書，格式非常自由，不像正式規格的說明書，那種「正常版」，條列式地陳述內容，語調不帶情緒，表述風格嚴謹。

不過，條列式語言看似呆板，卻不一定構成自由表述的障礙，你可以用詩突破。有一段時間，我喜歡

蒐集說明書，研究他們，三不五時取出來閱讀。某天突然悟出自己為何對說明書這麼有好感，理由為：說明書是「省話一哥」。多數說明書是薄薄一張紙，甚至小小一張紙片，能容納的字數非常有限，這個特點，跟用字精簡的詩，如出一轍。我竟羨慕起說明書的作者，因為說明書是那麼地被需要，當我買來一張DIY 書桌，若沒有認真閱讀它的說明書，可是很難正確而有效率地將那張書桌組裝起來啊。反觀詩人，其作品如何才能覓得知音，像說明書的讀者給你全神貫注的待遇呢？

我決定「盜用」說明書的格式，來呈現我的詩。〈口罩說明書〉便這麼「出品」了。

〈口罩說明書〉◎小熊老師

- 商品名稱：活性嘆詩口罩
- 成分材質：活性嘆、文織布、濾思網、掀微層
- 使用時機：
  1. 生命總有無言時
  2. 果醬口味的汽油缺貨時
  3. 不想讓從前自己認出詩敗的你時
  4. 空氣中飄飛的人世塵埃勾引情感的噴嚏蟲時
- 注意事項：
  1. 透過口罩吸入之清氣可沉澱於心。
  2. 過濾太多生命雜質後口罩將生劇毒勿隨意丟棄。
- 產地：天空滲出灰色血的憂鬱城市
- 製造日期：閱讀說明之始
- 保存期限：遺忘說明之後

　　你發現了嗎？這個說明書裡的口罩，並非真實生活中使用的口罩，而是「詩的變身」──活性「嘆」詩口罩，你可以在其中隱藏自己、遠離煩擾、靜心沉澱⋯⋯透過這「過濾」程序，盼能減「嘆」。擬仿正

規的說明書，融入個性化的詩語言，把正常的說明書
不常正化，確有一番妙風景。

　　說明書說明的對象，有許多「突發奇想」空間。
前頭說過，自傳可視為一個人的說明書，可如果真的
用正規說明書的格式來寫自傳、介紹一個人，效果會
是如何呢？

〈小熊老師說明書〉◎小熊老師

品名：小熊老師
成分：好奇心與鬼點子各占 50％
使用：請用眼睛釋放星火，點燃宇宙的熱情
注意：1.勿餵食過多蜂蜜，以免想像力暴肥
　　　2.須調至天空頻道，供靈感蛇行飆車
產地：作夢時恢復營業的兒童樂園
警告：保育類，小心收納每顆露珠般的字詞

　　〈小熊老師說明書〉是說明書格式的自我介紹，
是不是比平鋪直敘的寫法活潑許多？

說明書，也可視為一個東西的身分證。如果真的用身分證格式來說明事物，又是什麼樣的狀況？現在就請我家貓咪出場，擔任被說明的對象。

〈霓想國貓咪身分證〉◎小熊老師

父	林 德 俊	母	陳 小 尾
配 偶	勾引「」夢境充氣抱枕	役 別	懶洋艦隊
出生地	地球子宮新幹線密道	身 高	高於主人自尊心半寸
住 址	童鳴腦窖超時空貨櫃	體 重	頭重（嗜睡）腳輕（如魅）

dechun@ms36.hinet.net

由以上例子可見，如果有詩在陣，條列式、表格化的語言，完全阻擋不了自由風格的去路。只要拾起玩心，大膽嘗試，那些看似呆板的格式，反而帶給

人耳目一新的閱讀衝擊。不按牌理出牌，是創新，創新之餘，仔細看看填入每一項目的內容，還是維持著精準的說明。譬如，說牠服役於「懶洋艦隊」，是用一種迂迴的方式點出貓咪成天慵懶的情態；身高「高於主人自尊心半寸」，則暗指貓咪不見得總能讓主人呼來喚去，更多時候，牠把你當朋友，想找你討吃、陪玩時，才主動靠近你。

　　說明書的變奏或變形，有諸多可能，再舉一首我以前寫過的〈微地理〉：

〈微地理〉◎小熊老師

在咖啡渣上：思路出軌之餘燼
在檯燈之下：一床鋪開的靈感
在窗戶之前：視線推開鐵皮屋或高樓的意志練習
在海報之後：急著自豐盈的他方滿溢出來的風景
在皮箱之內：一個還沒打包的自己
在保險箱外：一個無法上鎖的世界
在沙發對面：遙控器始終轉不到鏡子頻道
在垃圾桶邊：從小到大丟不掉的都落在此
在床之近處：拍岸而來的生活瘋狗浪
在盆栽遠方：柏油壓得小草冒不出頭
在門之兩旁：布鞋往左皮鞋往右的擲銅板遊戲
在世界中央：此時此地我（們）

　　此詩是一個居家空間的指南，即便一個套房，也可以用「地理學」的角度去觀看。這個指南其實是詩人對自己的生活乃至人生的探究，踏查的工具是詩，一句詩標誌一個角落。指南裡，說明了空間主人的習慣、執著、想望、無奈、躊躇……不一定要某某古宅

　　或名人故居才夠格被說明、介紹，每個人都該擁有一份自我空間指南，世界之大，從家出發，從我開始。

　　無論說明書格式如何變化，大抵離不開條列式語言。詩寫說明書，把嚴肅的外衣穿在詩的身上，便產生了矛盾的張力，戲劇性十足，效果奇趣。

　　詩可以用來說明任何一個既存事物，或那些只在想像中存在的事物，擔當「另類說明書」的重任。你知道如何使用「快樂」嗎？「夢」的成分材質如何呢？「路邊小花小草」是由哪個公司出品的呢？「窮光蛋」可以有說明書嗎？「說明詩」的領域，天寬地闊，你也可以試寫一首。

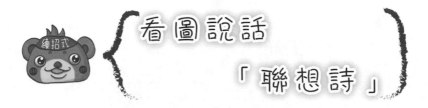

寫詩，是一件需要靈感的事嗎？

什麼是靈感？用白話說，靈感就是創作的「點子」，靈感來了，你就會知道如何下筆，該朝哪個方向去完成作品。

那些只要按著既定模式、標準程序去進行便可完成的事，不需要靈感，譬如寫公文、做會議紀錄、客服信箱回函，因為它們都有明確規則可以依循。

創作當然也需要一些基本技術，就寫詩而言，你要掌握意象性（畫面感）和音樂性（節奏感）的原理，才有辦法完成一首詩。但創作之源頭，在於起心動念的心和念，亦即，你必須要有創作的欲望，那一股熱

情被點燃，創作的過程便被啟動了。當靈感到訪，你的腦海中可能會浮現一個特別的畫面，趕緊把它記下來，它可能是一首即將完成的詩裡頭的關鍵句喔。

可是，一個天氣晴朗的周末早晨，你不想那麼快又陷入電視、電腦、手機的框框世界，你打開窗，心想，這該是寫詩的大好時光。可是，靈感還沒來呀！怎麼辦？

沒關係，靈感不來，你可以去找它。拎著數位相機（或具拍照功能的手機），設定一個不遠的目的地（附近的小公園，或市場、郵局、寵物店），沿路取材去吧。

當你帶著蒐集創作素材的眼光去觀察生活中的風景，你會有許多「新發現」，一些平常不起眼的事物，此時都跳了出來：騎樓下築巢的燕子、牆縫中迸出的小花、樹下一地的落葉、鐵捲門上的塗鴉、路邊造型

或紋路特殊的石頭、外露水管上的鐵鏽……它們可能
正在對你訴說生命與時光的消息，這些都是激發你靈
感的「第一畫面」，請為它們拍張照。「點子就在萬
事萬物中」，這是美國詩人威廉 · 卡洛斯 · 威廉斯
說過的話。試著與你眼前的事物對話，它們會告訴你
很多故事。

　　找靈感的方法，便是觀察，而相機是幫助你睜大
眼睛、去蕪存菁的好工具，因為拍照是一個把眼前事
物納入景框的過程，那個長方形的框框裡，一次只能
聚焦在一個主角身上（不管對象是阿貓阿狗或小花
小草），當風景中的 A 被納入，也代表周邊其他的 B
或 C 被排除在外了。所以，這是一個篩選的過程，把
你要的部分留下，不要的部分裁掉。拍照，也是在尋
找「畫面」，當你把定格的畫面轉化為詩中的文字，
便是「意象」了，詩有了意象，更加「可感」（可被

感受）。

　　靈感就在生活足跡裡。如果今天下雨，或你實在懶得出門，也可以翻開自己的電子相簿，你會發現，自己已經做過許多生活的田野踏查了：超大漢堡、造型蛋糕、咖啡拉花、漂亮盆栽、可愛笑臉、動感舞者、古意建築、滿樹楓紅、綠蔭大道……找一張對你而言「很有 FU」的照片，看著它，你想到了什麼？

　　詩人路寒袖也是攝影家，他的攝影詩集《走在，台灣的路上》（遠景出版），以攝影和詩作並陳的方式，收錄了他對台灣土地的觀察，也表達了他對這些風物的感受，圖、文的聯袂出席，呈現出一種有趣的「對照」，圖像與文字，是彼此的巧妙延伸，而非彼此的單調說明，圖與文拆開來看，可以各自獨立存在，放在一起，則可擦出美麗火花。

　　請看路寒袖的〈祝福〉及〈竹拱橋〉：

〈祝福〉

快門一按
笑容就被陽光記得
結束的背後正上坡
兩旁羅列著茂密的叮嚀
祝福很含蓄
鋪成綠綠的草皮

（照片提供／路寒袖）

　　場景在東海大學的文理大道，一群學生穿著學士
服拍畢業照。由於遠觀的攝影者帶著祝福的心情，所
以把兩旁茂密的樹想像成「茂密的叮嚀」，兩排的

樹，彷彿師長們的化身，呵護著展露笑容的學生，灑

下的陽光，有如師長的關心，傳遞著溫暖。

〈竹拱橋〉

　我挺直，卻身段柔軟
　從此岸到彼岸
　為求圓滿
　無怨的委屈自己
　弓成優美的弧線

（照片提供／路寒袖）

場景在溪頭的大學池，詩人從竹拱橋的弧線造型，追本溯源地想到橋的建材——竹子，原本該是挺直姿態，於是佩服起竹子的「身段柔軟」。這樣的聯想，是把橋擬人化了，「委屈自己」卻能成就「優美的弧線」，如此的「態度」，恰是中國人追求「圓滿」的生活哲學。

詩人韋瑋的《出好貨：細節淬鍊老品牌的 24 個故事》（有鹿文化出版）也有攝影和詩作的並置呈現，但不像路寒袖自拍自寫，而是採取專業分工，韋瑋負責文字，與攝影家發展出有趣的合作。

看到攝影家柯乃文這張令人垂涎的淡水魚丸湯照片，腦海裡迸出了什麼句子？

韋瑋「看圖寫詩」的版本是這樣：

淡水落日是一顆巨大的魚丸
整條河都餓了

因為這碗魚丸湯看起來太好吃了，詩人便用一條河來形容她的飢餓，也因為這張照片把魚丸拍得很漂亮，詩人便用淡水夕照的美景來狀寫她的讚嘆。

（照片提供／柯乃文）

柯乃文的另一張照片，有著特殊的取景角度，一般人很少從傘下看傘，從這個角度，你看到了什麼呢？

韋瑋看到了粗勇堅固的傘骨，於是聯想到健壯的樹；接著詩人腦中的畫面跳離這張照片，出人意表地進入小花小草的視野，當你撐著傘時，路邊的花草在

想什麼呢？以下是韋瑋的詩句：

　　路邊的小花小草羨慕你
　　有一把傘
　　可以遮風擋雨

　　一把好傘
　　就像一棵樹
　　那般健壯

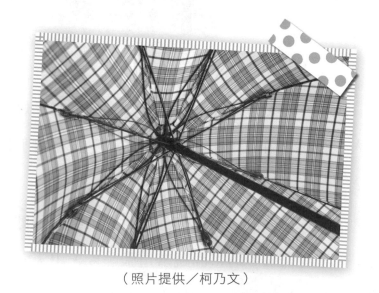

（照片提供／柯乃文）

如果你自己沒有拍下什麼好照片，借來攝影高手的照片激發自己的靈感，也許會有意想不到的收穫。甚至，寫詩者與攝影者的合作過程，也可逆向操作，先有詩，再配照。

看圖寫詩的練習，是一種相當自由的書寫模式，要寫得好，文字不能是視覺的直接 copy（拷貝），須避免流於單純描述畫面中所呈現的人事物，而要說得「遠一些」，讓「聯想力」大顯身手。放開自己，大膽嘗試，不怕「文不對題」，因為那樣反而有機會讓你發揮「神來一筆」。

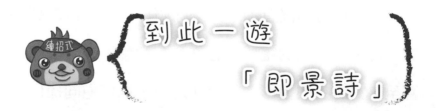

到此一遊

「即景詩」

你去哪裡旅行過?

長假過後,同學們常好奇地問彼此:「你去了哪裡玩?」

「玩」有時是「旅行」的代詞。我們不太問對方「你有什麼收穫?」(這是老師的台詞吧)而是問「好不好玩?」

究竟什麼是「好玩」?大抵離不開這些:看到美麗的風景、吃到好吃的食物、遇到有趣的人或動物、住到很棒的旅館、參觀了讓人大開眼界的博物館……

「好玩」其實就是「得到新鮮的體驗」,在過程中,你也許會拿起相機,攝下眼前的景物,上傳臉

書，與朋友分享。不過，記憶的相本裡，不止留有影像的空間，還有文字的座位。

　　晚上在旅館休息時，不妨取來白天買到的明信片、飯店提供的便條紙，或隨手抓來一張餐巾紙，在上頭寫下幾行詩，那可是送給自己最棒的紀念品了。這樣的創作，也可以在白天遊逛的歇腳片刻進行。旅途中，重要的不是把詩完整地寫出來，而是記下靈感的吉光片羽，有了三兩行詩句，回家再慢慢刪修、整理這些素材，等待竣工之日到來。

　　照片可以定格難忘的畫面，文字則可記下激躍的心情。當你完成了詩句，回程的行囊將更充實。

　　即景，是就眼前的景物吟詠。詩人都怎麼寫「即景詩」呢？

　　前輩詩人張默，走過大江南北、遍訪世界各地，寫下了一整本旅遊詩，作為他的「足跡」。我們現在

就到他的詩集《獨釣空濛》去挖寶吧！

　　義大利威尼斯是聞名世界的「水都」，城市裡水巷縱橫交錯，是個美麗的水鄉澤國，對於平日踩踏在柏油路上的我們，「乘小舟逛街」絕對是新鮮的體驗，張默遂寫下了一首〈水的大合唱──初旅威尼斯〉，該詩分成兩節，光看以下第一節（兩個段落）便很過癮：

　　　全世界的水，不分東南西北
　　　都爭先恐後，來到了這裡
　　　是平分這兒初夏新綠的景色
　　　或是丈量人間難測的溫度

　　　某日黃昏，我悄悄安抵聖馬可廣場
　　　一顆紅通通的落日
　　　正從大教堂尖塔頂端，爬下來
　　　四頭統治雕像們，一個箭步
　　　欣喜若狂，把它接個正著
　　　而我，則悠悠然，把它捲進拍立得的方盒裡

　　此詩一開頭便引人入勝，抓住這個城市最大的特色「水」來發揮。該怎麼描寫這裡的水，才能表達旅者初訪此地、初見此景的心情呢？詩人將水擬人化，「全世界的水，不分東南西北／都爭先恐後，來到了這裡」，這話當然言過其實，卻唯有這樣的誇大其詞，才能照映詩人心中的驚喜。第二段把鏡頭從水轉到威尼斯的觀光勝地、四周環繞著典雅歷史建築的聖馬可廣場，詩人邀請黃昏的夕陽入鏡，搬演一齣「雕像接住落日」的戲碼，出人意表。

　　以詩記遊，並非漫無邊際地開展自我的想像，而是以眼前所見的實景為基礎，加以誇大、擬人、魔幻……營造出不俗的詩境。好的即景詩，既不固著於表象，也不會離題太遠。

　　張默〈水的大合唱——初旅威尼斯〉顯得活潑動感，他的另一首〈初臨玉山〉，則透出悠然淡定，我

們來看該詩第三段：

> 常常喟嘆，我只是
> 一名微不足道的過客
> 偶爾興起一股莫名的雄風
> 在某些奇峰異壑的邀請下
> 忍著，說不盡的酸楚與疲憊
> 忍著，一陣陣汗水的侵襲
> 擺擺頭
> 向遠古招手
> 賴在你指點天下的懷裡，不走了

　　在巍峨大山之前，常讓人興起滄海桑田之嘆，感到世事無常、人類力量渺小，所以詩人把自己形容為「一名微不足道的過客」（此處指的應是「這個世間的過客」），他面對大自然的態度是謙卑的。登山，需要體力甚至意志力，過程有其辛苦的一面，但為了親自拜訪山中奇景，仍鼓起挑戰的雄心，忍著辛

苦（酸楚、疲憊、汗水侵襲）……直到攀上高峰，世界彷彿都在腳下，詩人看見遼闊景致，自己的心境也跟著曠遠起來，升起了思古幽情，於是出現「向遠古招手」這樣的句子。在這個可以伸手「指點天下」的高度，一方面登山者走累了，一方面他愛上了這高山之境，遂萌生「賴在這裡」的念頭，想把自己融入這片景致，「賴在你指點天下的懷裡，不走了」句中的「你」指的可能是山，也可能是推動滄海桑田的大自然或超自然力量。

相較於〈水的大合唱——初旅威尼斯〉，〈初臨玉山〉寫出詩人內心更深層的一面。某些想法也許早就存在潛意識裡，但要在特定時空下，才會被召喚出來。〈初臨玉山〉更有「寄情於景」的意味，把自己的情感和思維融入景物之中。寫即景詩，也是一種看見深層內在、找到真實自我的方式。

　　大家應該都有類似的經驗：當我們到一個地方旅行，總會雀躍地前往幾個招牌場景，自己執相機按下快門捕捉風景，也請別人執相機留下你到此一遊的身影，但不同人拍出來的照片，往往顯得「標準化」，彼此之間大同小異，因為背景一樣，取景角度也一樣。畢竟，照片可以留住風景的表象以及你的表情，卻不見得留得住你在「即景時刻」的想法與心情。詩透過意象的選擇，恰巧可以幫你捉取風景中的焦點，去蕪存菁，同時還能刻畫內心映照的風景。在詩中，你用文字描寫肉眼所見，並自由地融入你充滿個性的想像，藉此展現獨特的自己，達到一種「物我交融」的奇妙境界。

　　旅行是陌生地的探索，能激起好奇的眼光，給你靈感的泉源，就用精鍊的詩句、豐富的想像，寫下深刻的體驗吧。不凡的描寫，來自特殊的取景視角，見

人未見，才能言人未言。大膽地開展「超現實」想像，同時還要準確地捉到吟詠對象的特色，使得此詩確實收納此景、歸屬此景。

　　你可以這麼想：寫即景詩，便是用文字拍照，你同時擔任攝影師與模特兒；這樣的創作，在旅行途中啟動，但不一定在現場完成，你在歸途中慢慢沉澱，到了家中的書桌上反覆沉吟，然後，你會發現自己，永遠在旅途中，隨時保有旅者探索世界的心情，隨時可以找到一個無比新鮮的自己！

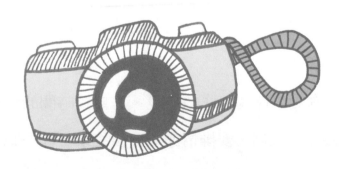

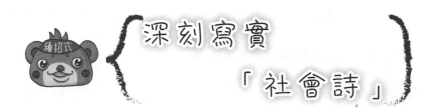

深刻寫實「社會詩」

　　打開報紙，得以一窺天下事，昨天的事件，今天的新聞，將成為明天的歷史，除了說明性的報導文字，文學作品當然也可以來參一腳（咖）。

　　小說從社會新聞取材，改編真實事件，是相當常見的。散文則可直抒胸臆，大事件發生不久，常見作家於報紙副刊上發表感想式文章，陳述內心的話，扣連人群的集體經驗或自身的獨特經驗，深化對某一事件的觀照。

　　以真實事件為基底的小說，需較長時間的醞釀，因為要形塑人物、安排情節、發展故事，非一朝一夕可以完成。散文是精鍊化的「我手寫我口」，回應社

會事件的散文，因心緒受到激發而有話想說，自可源源不絕吐露，若不求把篇幅「寫長」，是有機會當天完成，隔日、幾日後見刊的。

至於現代詩，就更具「效率」了，因詩的篇幅可達短小之極致，從書寫完成到發表，動作往往更快，情緒渲染的效應更強，如果在事件「進行式」的氛圍裡持續發酵，得到更多詩人迴響，產生連鎖反應，有機會形成一種文學的社會運動。

文學也是觀看、思索、記錄社會的一種方法，所以，詩，當然可以書寫現實。

引發詩人內心震盪的，往往是「大事件」，譬如天災人禍，或兩方對壘的衝突。台灣每年出版一本「年度詩選」，收錄一年當中具代表性的好詩，總不難找到書寫該年重大事件的社會詩。尤其《2011台灣詩選》，主編焦桐選入的政治詩、時事詩，約占全

部作品的三分之一，這與該年社會紛擾、天災人禍不斷大有關係。該年詩選中，吳晟的〈我心憂懷〉，為農民發出了不平之鳴，詩人先陳述田園生活的恬淡美好，譬如第四段：

> 吾鄉遼闊的田野
> 四時作物歡欣成長、豐饒收成
> 都可以作證
> 我多麼想將恬淡知足
> 譜成歌頌的旋律

接著，訴說詩人如今「經常滿懷憂傷」的理由，
以下為倒數第二段：

　　我確實經常滿懷憂傷
　　憂傷阻擋不住
　　開發為名的洪流，繼續氾濫
　　掠奪了山林、掠奪河川
　　掠奪了田地、掠奪海岸
　　一地又一地，抵押舉債
　　占領，糟蹋殆盡，而後
　　毀棄，留下萬劫不復

　　由於中部科學園區第四期（中科四期）開發案，
危及彰化一帶灌溉用水並破壞自然人文生態，引發農
民及環保人士抗議，詩人遂作此詩，以前後情景的強
烈對比、淺白而深重的口吻，表達他對理想家園正在
消逝的憂心。此詩並未明確標注為何事而寫，所以可
泛用於抗議「工業犧牲農業，開發破壞環境」。詩人

　　吳晟曾在公開場合朗讀此詩,宣揚他的護農及環保理念,使得詩人的作為從紙上談兵,立體化為實際行動。

　　到了《2012台灣詩選》,主編白靈也選入了多首抗議性格濃厚的社會詩,其中青年詩人阿布的〈美麗灣〉,寫台東美麗灣度假村土地開發案,雖業者標榜能帶動地方經濟發展、增加居民就業機會,但持反對意見者認為,海岸交由私人企業經營後,將剝奪在地人原本自由接觸海岸的權利,該案因違反環境評估程序逕行開發,屢屢引發爭議。以下舉出阿布的〈美麗灣〉末段:

　　　海在圍牆外面
　　　風與吼聲,都在外面
　　　裡面建造著
　　　安靜的度假飯店
　　　把美麗留在裡面
　　　整個世界
　　　放逐在外面

對於在地人而言，美麗灣原本是日常生活「裡面的世界」，一旦觀光化、被財團把持後，將成為「外面的世界」，於是他們原本的世界，形同被放逐在外了。詩人以裡、外兩個世界的辯證，帶我們思索「什麼是真正的美麗」。

從吳晟及阿布的抗議詩來看，可以見到詩人經營意象、勾勒場景、製造對比，這樣的文本，有時比激動的叫囂和憤怒的宣言來得更具穿透力。

以上兩首詩所寫的人為開發案對生活及環境的侵蝕，屬於「人禍」。而更大規模、更毀滅性的人禍，非「戰爭」莫屬。美伊戰爭期間，雖然台灣於地理上遠在天邊，但具備世界觀的詩人們，仍紛紛提筆，一面倒都是反戰的聲音，可見「人道主義」是詩人的「天性」。2003年，在美伊戰爭的氛圍下，一本重要的戰爭詩選《如果遠方有戰爭》出版，收錄了二次

世界大戰後台灣各世代詩人以戰爭為主題的作品。其中嚴忠政〈如果遇見古拉〉，書寫的對象是一張知名戰地肖像照的主角——一名失去雙親的阿富汗女孩，覆著紅頭巾，神情幽怨地直視鏡頭。該照片 1984 年攝於巴基斯坦難民營，1985 年刊登於國家地理雜誌後引起舉世關注，這位女孩十七年後在阿富汗被找到，依然過著艱困的生活。

〈如果遇見古拉〉第三段：

還有誰遇見她
除了風霜，就是黎明。黎明已經被風暴槍殺
如果你要在夜裡找她
這裡有足夠的戰火，為你照亮阿富汗

「黎明已經被風暴槍殺」雖是相當戲劇化的句子，卻又非常寫實地刻畫出戰爭難民「沒有明天」的處境，「這裡有足夠的戰火，為你照亮阿富汗」完全是一

句嘲諷性的反語，在暗無天日的日子裡，能「照亮」自己的，只剩隨時要剝奪自己性命的戰火。詩人嚴忠政在末段還寫道：「這裡有很多古拉」，暗示這位阿富汗女孩的身影，是廣大受難蒼生的一個小小縮影。

層出不窮的人禍之外，天災也激起詩人的關懷意識，除了發生在台灣本土的 921 大地震、SARS 流感疫情以及 88（莫拉克）風災，鄰近區域的南亞大海嘯、日本 311 大地震及其連帶的核災效應都曾被寫進詩人筆下。在核災陰影下，詩人隱匿寫下一首〈有核／不可〉，用以警醒世人，我們當下的重要決定，將大

大影響子孫未來的生存環境及家園樣貌，不可不慎：

如果有核能
卻讓我們失去了核心

如果有石化
卻石化了我們的心

如果有一條快速道路
卻帶領我們通往一個
荒廢的家園

如果在一切都來不及以前
我們還來得及說一句話
向我們的孩子

希望我們能說出：「我愛你！」
而不是：「對不起！」

歸納眾家詩人的社會詩書寫，無論寫的是天災或

人禍，大體上追求淺白的表達，常見呼告語氣，有較多的重複句法，適合對群眾公開朗讀。

　　文學確實能夠反映社會。詩的功能之一是「寫實」，即寫下現實。但寫實不必刻板記錄，你可以採取任何手法，用你聯想到的任何畫面，去反映或回應社會事件，或為某個社會人物素描。詩所誌之事，可能隨著時間遠走而被遺忘，寫社會詩，如果標題本身並未清楚揭示書寫對象，最好以副標題或簡短的前言、後記、注解，說明扣連何事，提點解讀脈絡。

　　打開報紙，還有哪些新聞可以入詩？詩人對社會時事一直有著敏感的神經，除了天災人禍，也可寫選舉、節慶、流行風潮等一時一地之事（以上都是新聞「常客」），如果你要把黃色小鴨、貓熊圓仔寫入詩中，也無不可，只是千萬記得，詩畢竟是一種迂迴的語言藝術，莫因為了追求清晰表述、急於傳遞理念，

而忽略了朦朧美感。

　　社會詩的題材，其實也可以很家常，詩人簡政珍

有一首詩〈過年〉，末段：

　　　最渴望的一道菜
　　　是餐桌旁邊的電話
　　　喂，你的聲音有特別的風味
　　　我的喉嚨被你嗆住了

　　此詩寫的應是相隔兩地的親人或摯愛之人，在過

年理應團聚之時，最渴求的一道菜，並非餐桌上任何

佳餚，而是話筒裡，聽見對方的聲音，而當聽見對方
的聲音時，自己喉嚨有如嗆住，激動到發不出聲音
來……

　　讀了此詩，你會發現，原來，社會詩不一定要寫
最「重」的題材，不一定要擺出激憤、嘲諷或悲憫的
姿態，像〈過年〉這樣只是捕捉平凡市井的氛圍，也
別有情味。

　　無論如何，好的社會詩，終究得落實到真切的場
景、人與人的交流互動，這樣的詩，往往更可感、更
動人。

練招式 散而不漫
「散文詩」

　　初學者寫新詩，最常犯的毛病是，寫得像「散文的分行」。試著把分行的各句串連起來，加上標點符號，如果這麼做之後它立刻變身為通順的文章，而且內容很好懂，那麼，這樣的詩作，可能難以成詩，至少可以說它「詩質不夠」。

　　在我的教學經驗裡，當老師對學生的作品發出如此評語：「你的詩太散文化了，應該學習精鍊的功夫。」學生接下來便會問：「那麼，詩和散文的差別何在？」這是個很大的題目，一般而言，要好好說明詩和散文的差異，至少得花一堂課來介紹新詩原理，另花一堂課介紹散文原理，然後再花一堂課比較新詩

和散文的差異。

不過，要讓霧煞煞的同學快點抓到要領，並非沒有速成法。方法是，先讓學生回憶自己已經擁有的散文經驗，再去了解朦朧未知的新詩原理。

從國小高年級到中學，學生們已上過不少堂作文課，如果把生活周記上所寫的也算進去的話，大家到了中學時期，已寫過很多文章，課堂或考試上的命題作文以及周記上的心得寫作，都可歸入廣義的散文。散文，把「我想說的話」化為文字，給人讀起來的感受是「我手寫我口」，但並非真的口語全都錄，而是精鍊化的口語。其外表展現為一種「分段」的結構。

在具備「相當程度」散文經驗的基礎上來認識詩，我們可以看到，新詩與散文最大的外型差異便是「分段」的結構。在書寫方式及閱讀感受上，新詩並非「我手寫我口」，而以跳躍性、濃縮性取勝，詩

不只精鍊，而是極度精鍊，能只用一個字絕不用兩個字，「少即是多」為其王道。既然極度精鍊、高度濃縮，便會有所省略，意象和意象、句子和句子之間，便不會有太多的連接性、工具性的詞彙，跳躍性因此而生；詩寫得跳躍，便難一目了然、讀過即通，而須多讀幾次，反覆吟詠。

如是觀之，詩如果寫得太直線、太淺白，便容易給人「散文化」的印象。會把詩寫成散文的分行，究其根本，是對詩的原理掌握度不足，而太安於散文「線性書寫」的習慣，一時無法轉換頻道。

各類學測、大考，會考作文，但不考詩的創作。隨著年齡增長，從中學、大學乃至出社會，一般人受過「寫文章」的訓練多，寫詩的訓練少。所以面對散文，可以說人人都會寫，只差寫得好不好。而一旦面對詩，可就一個頭兩個大，不知從何寫起了。

　　這是一個很弔詭的現象，可別忘了，我們從小學甚至幼稚園起，對於文學的接觸，是從童詩童歌這些分行體的作品開始的。詩的精神是語言的自由，兒時的我們可是天馬行空地享受這種無明確規則的書寫。所以當我們寫多了散文再回來寫詩，需要做的是——放自己自由，大膽一些、跳躍一些，可以先寫出幾個漂亮的意象和句子，再來排列組合，而不必一開始，就一個字接一個字、一個詞接一個詞地「線性」書寫下去。

　　當我們多少掌握了一些詩的原理，再回頭來審視散文這個比較「令人習慣」的文類，將更能體會散文的奧妙之處。散文的流暢、平易，使得它獨當這個時代文學書寫的王道。散文是生活中表情達意的主流文類，雖與詩一樣字斟句酌，仍以把話說清楚為要，抒情、論理、說明、記事，篇幅長也散文、短也散文，當今文學報刊把最大版面空間留給了散文。而當代新

詩以抒情為主，並著重語法的開創，破格為常，所以容易脫離一般口語系統。

定義詩，透過詩與其他文類的差異來釐清其特質是個方便之道。但接著會有人問：「散文詩為何？我把詩寫得散文化，難道不是一種散文詩嗎？」

散文詩作為詩和散文的共同「次文類」，那妾身未明的「散文詩」之名生來就是給其父母（詩與散文）找麻煩的。散文詩的定義一如詩的定義，多路並進，但或許殊途同歸。

給予散文詩最簡約的定義，可從其外貌入手，散文詩為「不分行」的詩，即「分段詩」。有散文的外形，仍維持著詩的靈魂，散文詩既為詩，詩是意象語言與音樂語言，那麼畫面感、節奏感的經營要比一般散文更積極。

散文詩，不是寫不成詩的散文，也非寫不成散文

的詩，而是詩與散文兩者部分特質的綜合。散文詩創作技巧已獨立於散文及分行詩之外，自成一個特殊範疇。

　　台灣詩人群中，有一位以散文詩見長的詩人：蘇紹連，以下便舉出他的經典名作：

〈獸〉◎蘇紹連

我在暗綠的黑板上寫了一隻字「獸」，加上注音「ㄕㄡˋ」，轉身面向全班的小學生，開始教這個字。教了一整個上午，費盡心血，他們仍然不懂，只是一直瞪著我，我苦惱極了。背後的黑板是暗綠色的叢林，白白的粉筆字「獸」蹲伏在黑板上，向我咆哮，我拿起板擦，欲將牠擦掉，牠卻奔入叢林裡，我追進去，四處奔尋，一直到白白的粉筆屑落滿了講台上。

我從黑板裡奔出來，站在講台上，衣服被獸爪撕破，指甲裡有血跡，耳朵裡有蟲聲，低頭一看，令我不能置信，我竟變成四隻腳而全身生毛的脊椎動物，我吼著 ：「這就是獸！這就是獸！」小學生們都嚇哭了。

文辭精鍊，場景鮮
明，短句的連貫集合，
節奏層層進逼。這散文
詩簡直是卡夫卡〈變形
記〉的教室變形版，有

如一則詭奇的寓言，超現實的夢境，極富戲劇張力，
充滿了荒謬性。或可如此「解夢」：教與學的權力關
係裡，溝通的斷裂激發一方怒而成獸，獸，竟是教師
心中鏡射的自我形象。

　　蘇紹連另一首散文詩篇幅更短，氣息輕盈。把貓
擬人，讓貓吐露心思，進一步讓牠以「一冊美學書
籍」來形容自己（這一點相當符合貓天生優雅的特
質），而結局是一個沒有結局的結局，畢竟詩短，其
只能呈現場景之局部，有勞讀者用想像力填補大塊留
白，這便是詩與散文的不同之處。

〈貓的美學〉◎蘇紹連

脚趾頭曬太陽，肩膀曬太陽，背脊曬太陽，我是貓。我從日出睡到日落，像放在窗口的一冊美學書籍，封面上的文字慵懶地躺著，沒有人翻閱我，任我曬到發燙，發黑。我腹部的雪白已開始冒著絲絲白煙。

如果詩質不夠，便不能稱之為散文詩；不過，「詩質」到什麼程度才夠呢？「過度詩化」的散文，「適度散文化」的詩，是不是散文詩呢？散文詩本就是詩與散文的模糊地帶，兩者交融到什麼境界才合體為散文詩？這個問題永難找到大家都滿意的答案。不妨將詩與散文比之不分你我、彼此交流「形與神」的姊妹淘，散文與詩不是敵人而是友邦，壁壘雖存在但不必太決斷。

新詩的形式自由，自由到：可以「不分行」，看起來像散文。請注意，只是「看起來像」而已喔。

　「散文詩」還是詩，這像散文但骨子裡是詩的文體，在形式上澈底實踐了詩歌藝術的朦朧特質。這樣的詩雖散，卻散而不漫、散而不亂。

　　詩，作為一種創作精神，作為一種靈魂，終極狀態是，能出入各種形式而自得。所以，寫不分行的詩，有何不可！

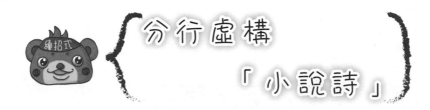

練招式 分行虛構
「小說詩」

　　在「詩與故事」專題課堂上，問同學們，可曾讀過什麼「說故事的詩」？

　　有人答：荷馬的希臘悲劇史詩。有人則答：《聖經》的詩篇。還有人答：但丁《神曲》、莎士比亞與歌德的詩劇……這些同學可能修過「西洋文學概論」，頗有概念。

　　說故事，不是小說家的專利，西方的「敘事詩」傳統淵遠流長，分行與韻律，是故事的重要表現形式。只是到了現代文學，詩的抒情典範抬頭，說故事，交給小說去發揮了。

　　現代詩難道不說故事嗎？現代詩也說故事，席慕

蓉〈樓蘭新娘〉與楊牧的〈林沖夜奔〉都是佳篇。

〈樓蘭新娘〉從第一人稱想像一個出土新娘木乃伊穿越時光洪流的心聲，還原其入土前的場景，「他輕輕闔上我的雙眼／知道　他是我眼中／最後的形象／把鮮花灑滿在我的胸前／同時灑落的／還有他的愛和憂傷……」情韻綿綿，為29行短詩，在各級學校的詩歌朗誦比賽裡常被搬演。

〈林沖夜奔〉改寫自《水滸傳》部分情節，近二百行，分四折，角色、場景豐富，鏗鏘有力，曾被漢聲電台製作成廣播劇，2012年國家圖書館和趨勢科技合辦的「春天讀詩節」也盛大登台。

無論創新故事或改寫經典，現代詩仍能用最精鍊的語言，開展敘事的不同可能性，譬如青壯輩的馬華詩人陳大為，承先啟後，其收進《盡是魅影的城國》的南洋史詩，格局殊異，埋入史觀，夾藏後設，兼蘊

鄉愁。

　　現代文字抒情高手「詩人」也說故事，那麼，現代文字說書人「小說家」寫不寫詩？

　　分別於 1999、2000 年獲得諾貝爾文學獎的鈞特 · 葛拉斯（德國）和高行健（法籍華人），皆以長篇小說奠立文壇地位，也都是詩人。鈞特 · 葛拉斯的詩畫集《給不讀詩的人》有中譯本，收入的都是慧點的小詩，未展現明顯的敘事性。高行健詩集《遊神與玄思》則有舞蹈詩劇〈夜間行歌〉的故事篇章（以腳本形式呈現）。高行建的詩劇不重創新意象的凝塑，讀慣當代中文新詩的朋友，對此一定不太習慣，小說家寫詩的結果，不論你喜不喜歡，至少他搞出了一場實驗，實驗就是一再嘗試，不怕失敗。〈夜間行歌〉充滿動作與口白，不乏雋永的句子：「生活天天如此 / 沒可看的戲 / 有的只是孤獨 / 看守你自

己……」

　　所以，小說家裡當然也有寫詩的，但一位小說家，他的詩是否寫得跟他的小說一樣好，就見仁見智了。可以確定，兩把劍要同等鋒利，定是不易。

　　小說家寫詩，既然寫的是詩，不見得要以負載情節為己任，甚至不必說故事，只要帶出人物、營造場景，就能製造出「故事的引子」。小說家駱以軍〈一個老婦在輪椅上緊握她從前的郵票肖像〉便屬此類，此詩收錄在他早年出版的詩集《棄的故事》，以下摘錄第一段：

如果最後秋天躺在妳的掌中死去
我會仍舊看著妳
不動聲色
繼續說話
不讓妳發現　　我已發現
妳底老去
親愛的□□
把妳的拳握張開
那些孩童們隱身在九重葛架後
模糊的笑臉
新娘白紗
一隻黃粉蝶飛進寧靜的醫院午後

　　此詩是一位男子對他的老妻告白，雖她年華已逝，但往日形象（新娘白紗）仍歷歷在目。詩中有人物細微姿態特寫（掌、拳握），具體刻畫場景營造氛圍（孩童、九重葛、黃粉蝶、醫院），「親愛的」不露名號，代以□□，增添懸疑⋯⋯這些是小說家本事的展現。新娘白紗被喻為黃粉蝶飛進醫院那一句，躍

動撞擊死寂，這是則詩人的才氣了。

陳雪〈逃〉，在形式上看似去掉標點符號的段落文章，有點「散文詩」的調調。意識流的跳接，恣意切換畫面，使其接近詩的躍動與濃度。而部分比較淺白的敘述句，描述人物動作形貌，構築場景，則又彰顯了小說性格。

> 一隻狗　一雙鞋　一匹馬　一個破掉的皮球　一座傾頹的屋子　一個銀髮與皺紋交織成風景的女人　戴著金項鍊的男人提著一只皮箱　一個滾動中的輪胎　一把生鏽的刀　一枚遺失的戒指……

以上是〈逃〉的開場（摘句），如同鏡頭運行，先特寫狗、鞋、馬（可能是玩具）、皮球等指涉孩童的相關物（意象），再拉到屋子、屋子裡的女人（孩童的母親），有層次的遞移開展；短句的腳步，富節奏感。這是一篇奇妙的綜合——亦詩，亦小說，不妨

稱之為「小說詩」。

　　小說是虛構敘事，「小說詩」大抵上是以詩的語言逼近了虛構敘事，篇幅精短、語言精鍊之下，人物、場景、情節很難面面俱到，但要顧及一二，倒是可行的。

　　「小說詩學」，當然需要更多跨界作家持續提出作品，共同來建構其內涵。如果「小說詩」存在了，那麼「詩小說」存不存在？

　　用看似小說的形式，高度象徵或夢語一般，透出濃烈詩意的「詩小說」，波赫士寫過。

　　阿根廷魔幻寫實主義先鋒作家波赫士，他那些既像幻夢又帶著強烈自傳性格的精短作品，當是此種「詩小說」的代表。文章規模的「輕」，自然地壓縮了小說中吐露的細節，遂產生大量留白的空間，要達到「寫得少而說得多」，「隱喻」往往扮演要角。當

我們看見冰山一角，就能感受到那一角底下的冰山厚實巨大的力量。

　　波赫士喜歡將身邊真實的人事地物納入虛構的故事情節，營造出一個虛實難分的神祕世界。有時他從說書人的角色走進小說裡，作夢一樣，當讀者神人了小說中的角色，便也一起作起夢來了。缺乏想像力的讀者，往往被排拒在這種「破格」的小說之外，不得其門而入。

　　他的〈波赫士和我〉為現今台灣頗為盛行的「極短篇」寫作演示著令人驚喜的可能。敘說者「我」在小說中扮演著「另一個人」——如波赫士的一面鏡子（或分身），也可說是一個試圖從「那個被廣為認知的波赫士」心中的「自我」掙脫開來的另一個「自我」。這個敘說者「我」對於他在文中所提及的「波赫士」並不滿意，不滿意於另一個波赫士誇耀、耍弄

式地搬演知識與技巧，敘說者「我」把此種行徑形容為「墮落」。然而因此獲得聲名的波赫士卻也讓敘說者「我」感到：「他的文學作品正好可以證明我的存在……不過光憑那幾頁文章，並不能拯救我。」到此我們看到了兩個關於波赫士的「自我」既相互依存又矛盾敵對的辯證關係。結尾一句更是一絕：「我不知道兩人當中，到底是誰寫下了這頁文章。」把讀者拋入了「我是誰」的迷宮之中。

文字的迷宮一開始總是令人困惑，困惑的程度幾乎要切斷了你的閱讀興致。然而迷宮卻也提供一個歧路花園的探險趣味，那令人深深著迷的，詩般的魅惑。

現代詩致力於創造新語言，釀成文字的迷宮，也因此常常以折損閱聽眾為代價，讀者得很有興致、很有耐心才得以浸淫其中。「小說詩」則是加入了虛構

敘事的，文字的迷宮。「詩小說」擁有小說的形貌，本質上也指向詩的朦朧、歧義，可謂夢一般的小說。

　　如果你想練習寫「小說詩」，可嘗試在分行的長短句形式裡，說一個你想像出來的故事（虛構敘事），要有人物的出場、場景的刻畫，甚至有事件的推進、情節的開展，不妨善用人物之間的對話。切記，這是詩，所以有必要顧及意象性、節奏感，以及文字的精鍊度。

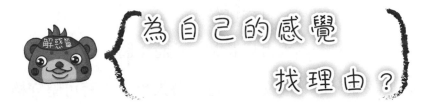

Ⓠ 我是個文學入門者，喜歡閱讀報紙副刊以及文藝雜誌上的作品，卻面臨經常「讀不懂詩」的窘境。遵循國文老師建議，先從詩選開始讀起，因為坊間詩選大都會在每一首詩的後頭附上編者的評語。一段時間下來，我養成了先讀詩評再讀詩作的習慣。有同學笑我這是「偷懶式」讀詩法。難道，透過別人的眼光去理解一首詩，是不對的？（哥吉啦問）

Ⓐ 現代詩是相當自由的文體，除了題材沒什麼限制，形式更是自由得澈底，詩的篇幅、詩的分行、詩的分段、詩的標點、詩的符號……沒有一定要如

何。詩短可短到只有一行甚至一字,長可長到百行、千行,厚厚一本大書只裝載一首詩;詩一般以分行體廣被認知,但「散文詩」也有詩人專攻;詩可堅守標點的潔癖,不用標點句讀,亦可大量運用標點符號,甚至取用異國文字、電腦符號融入作品;詩可以淺白亦可以晦澀;詩可以視覺化、聲音化,即便沒有文字,仍可稱之為詩。

　　凡此種種,說明了「詩無定法」,既然詩無一定寫法,自然也無一定讀法。所以你的問題可以先作一個簡單回答:詩無一定的閱讀方法,無論是先讀詩評再讀詩,或先讀詩再讀詩評,或讀詩不讀詩評,都無對錯。只要你喜歡、你習慣、你自在,就好。

❀ 「詩無定法」,從何評起 ❀

　　倒是「詩無定法」,對評論家而言可就有點麻煩

了，如果詩的標準那麼自由，在標準浮動的情況下，詩還有得評嗎？

詩當然有得評，而且不是漫無標準、自由心證的評。詩的標準自由，不等於毫無標準，而是美學路線相當多元，不同路線可以並存，以此拼組、共構詩歌版圖。

一位專業的詩評家必須對各個詩人、詩派、詩社有嫻熟掌握，廣泛理解不同路線、不同主義的新詩美學，擇其一、二專攻，開發新的理論視野，並可對於詩的理想標準有所主張、側重。一位有影響力的詩評家能影響詩壇、讀者對詩的看法，其「話語實踐」的效應不會輸給任何一位重要的詩人。

也許你會問，在接觸詩的過程，可以完全不理會詩評家這個角色嗎？

原則上，你可以不理會詩評家，但是，你可能很

難脫離他們的「魔掌」，因為他們的話語無時無刻不在影響著詩人及其作品被閱讀的方式、被觀看的角度（無論是正面或負面的影響），而且，即便你不理會詩評家，你也無法不理會「詩評」這件事，因為那是發生在你每一次閱讀裡不可避免的「內在聲音」。

當你對某一首詩產生「感受」，其實你的潛意識已啟動對該首詩的「判斷」了。

❀ 有「詩的為什麼」，就有詩評 ❀

這一切都發生在「詩的為什麼」：為什麼我喜歡（或不喜歡）這首詩？為什麼我看得懂（或看不懂）這首詩？為什麼我看不懂的這首詩受到評論家讚賞？為什麼這首詩可以簡單平易卻又撼動人心？為什麼作者要這麼寫、不那麼寫？……

種種的為什麼，都涉及了「詩的標準」。一首詩

的好壞判斷，是主觀而個人的，然而喜歡或不喜歡某一首詩、某一類的詩、某一人的詩，必有原因，當你試著去為自己的感受找答案，你關於詩的「理論思考」便開始運作了。所謂理論思考，是在尋找一種解釋，得出一番道理。為「理論」下一個最基本也最寬泛的定義，它是一種言之成理的論述，是一套有系統的說詞，一種理論是一種觀點背後的支柱，為該種觀點辯護詮釋，使其令人信服。

　　一般人對於詩的正面評價，大概不出「很美」、「有創意」、「意境很高」、「令人感動」這幾個詞彙，這些詞彙已隱隱標誌出一種「詩的標準」，關於詩的審美、詩的手法（有創意）、詩的效果（意境、感動）的標準，這已是詩的第一層理論。因此，每一次書寫，每一次閱讀，都是一次理論的演示——顯性（刻意）或隱性（非刻意）地，持著一種詩的標準，

做出詩的實踐。

更進一層的詩理論,則在歸納、演繹,清晰理出某種標準之合理性,鼓吹一種詩的主張而否定相斥的另一種。詩評家孜孜矻矻、嚴謹而有見地,長年專注,投入其中。

❀ 「詩的看法」人人皆有 ❀

當然,不見得所有愛詩人都有興趣扮演任重道遠的詩評家或新詩研究者,但你絕不能睜眼說瞎話,否認自己擁有「對詩的看法」(即便「我討厭詩」,也是一種看法)。嚴格說來,每一個愛詩人也都是一個詩評者,詩評「者」與詩評「家」,都在產出對詩的看法,差別只在於前者被動(消極)而後者主動(積極)。

如果我們將詩評依嚴謹程度由高至低劃分為詩論

（詩的理論）、詩評（對詩作的評論）、詩話（關於詩的閒散談論）三個層次，當我們對詩提出看法，我們至少在從事著「詩話」。只要詩創作存在的一天，關於詩的談論就不會停歇，「詩談」是「詩壇」的另一個寫法。「創」與「論」是孿生兄弟，有影響力的詩評，堪稱詩壇造山運動的巨大黑手，這隻手令詩人又愛又恨，欲拒還迎。

雖說有些詩人甚至抗拒閱讀詩評，不想被詩評家干擾創作，但幾乎沒有詩人不擁有自己的「詩觀」，即主張該寫什麼樣的詩、認定什麼樣的詩才是好詩……每一個詩人，都試圖透過他獨一無二的作品，來完成他的詩觀，表達對詩的看法。

雖說詩的看法人人不盡相同，但歸納眾人之想，卻可理出幾種截然之異：書寫目的應該介入現實或遠離現實？書寫對象應該偏向個人或集體？表達形式應

該清澈明朗或繁複晦澀？詩的語言適合抒情還是說理？……

　　在各文類裡，詩的留白空間最大，給詮釋者的揮灑空間也最大。對於初入門者，這揮灑空間反倒造成了閱讀隔牆，此時，「詩話家」可扮演從門外跨進堂奧裡的引導角色。

　　詩話，顧名思義，即詩的話語，透過對詩的談論、解讀、聯想，而衍生出各樣文章，可歸為「雜文」之一種。既是「話」而非「論」，它就不是嚴肅學理的長篇大論，而比較接近知性的閒聊，沒有呆板的寫作格式，可無所不談。

　　詩的歧義性，使它自己成為一種等待詮釋的語言，每一次閱讀都是一次詮釋。「解詩」跟「解籤」一樣，可以成為一門專業，但跟「解數學題」大不相同，因為解詩是沒有標準答案的。一首詩，乃至一句

詩，或僅僅其中的一個字，一個標點，延伸的知識都可以無限寬廣。

關於詩，談什麼、怎麼談，各家之言，合力織就了一張詩歌書寫的參照架構、風格系譜。

讀詩之前先讀評，有啟迪之用；讀詩之後再讀評，有印證之用。與詩評打交道，並非將自己對於詩的詮釋權拱手讓出，而是藉此激發自己真正的看法。讀詩寫詩，毋須固著於理論，但也不必畏懼理論。理論無時無刻不縈繞在詩的閱讀與創作之中，如果你有興趣當一個積極的閱讀／書寫者，不妨好好地為自己的感覺找理由吧。

新詩課堂上，我要學生從詩選裡挑一首詩來朗讀，說說自己為何選該首詩來讀，因為「選詩」便涉及了作品比較，而此「比較」饒富意義。我還要他們用自己的話來說明對於該首詩的感受，發表讀後心得，即便用顏色來形容一首詩（譬如 A 同學說：「這首詩給我一種紅色的感覺」），也是詩評或詩話之一種。

寫詩幹麼？

Q 前陣子迷上了讀詩，讀到吸引我的句子便抄錄下來，後來也開始提筆寫詩，國文老師告訴我「詩是欲言又止的祕密」，我被這個說法深深吸引。但同學每每看我拎著一本詩集，便開玩笑說我正處在「發情期」，所以詩性大發！看看周遭同學，他們的嗜好多是玩臉書、看 YouTube、打電玩、聽歌 K 歌，我這個愛詩人顯得異類，同好難尋，請問詩人注定是孤獨的嗎？寫詩對於像我這樣的青年學子而言，是一件值得投入的「正經事」嗎？（冬啵問）

A 「詩是欲言又止的祕密」，真是個迷人的說

法。詩是一種「不直說，但終究還是說了的」語言，迂迴朦朧地表達詩人內心的想法，甚至，詩人的想法有時處在一種曖昧未清、或有話想說卻不想明說的狀態，這時候，唯有交給詩來吐露，作為一種抒發、宣洩。讀詩，因此像猜謎，亦如穿越迷霧，直到柳暗花明。祕密會因此露陷？別擔心，讀詩需要一點解碼能力，你的訊息並非毫無遮擋地向天下人裸露，且因為詩無標準答案，即便密碼被破解了，不同人有不同讀法，答案從來不會有被澈底揭露的時候。所以，詩確實是說了什麼，但又沒有真正說清楚過。就好像，看一種開放式結局的電影，電影不告訴你主人翁的下場究竟如何，只給你線索，給你方向，讓你自行想像。

你被「詩是欲言又止的祕密」這個說法深深吸引，那代表你確實在讀詩寫詩當中，體驗過詩的妙處，得到過詩的好處。詩有如此美好的一面，何樂而

不為。

光此一點，它就值得你投入。

但我知道，你要問的其實是，詩是當作興趣就好、淺嘗輒止也無妨？還是，它真的值得花費大量的時間、心力，甚至擬定練功計畫，有企圖心地去鍛鍊它如鍛鍊一門絕技？

詩有無用之用

什麼值得你把它當作一件正經事？我們就大剌剌地從最「務實」的角度討論詩吧。「詩有什麼用？」許多詩人會回答你：「無用之用。無用也是一種用。」讀詩提供美學的養成，寫詩則是心靈的抒發，這「無」用，其實是「看不見」的用，是雖然看不見，但確實存在著的用處。

也有一說，詩之效用雖難立竿見影，卻能在無形

中培養你未來工作與生活的能力基礎。

　　無用之用，是個反話，詩其實是不折不扣的「有用之用」呀。

　　詩的應用，相當寬廣。詩寫得好，歌詞、廣告詞也不會寫得太差，因為詩和歌詞一樣注重音樂性，詩和廣告詞一樣注重精鍊。詩人善於修辭，寫散文時自然更有文采。此外，若去當編輯，摘要內容、下出引人標題的功夫，必定過人。

　　如果長期優游於詩，你可能具備了以下能力，這些能力有助於你職場乃至人生競爭力的提升。

　1.**察言觀色**：詩充滿言外之意，解詩者能夠透視表象之下的「隱藏版」訊息，為推理高手之一種。

　2.**耐心**：讀一首詩往往要多讀幾次才能深入其堂奧，寫一首詩往往為了一個字而推敲了大半

天。不急躁，是愛詩者的特質。

3.**五覺靈敏**：詩人是感覺發達的動物，善用視聽味觸嗅覺乃至第六感，去捕捉環境中的顏色、聲音、味道等，將其轉化為文字，觀察入微當如是。

4.**長話短說**：詩主精鍊，詩人三言兩語濃縮重點，甚至一語驚人，是很有效率的溝通者。

5.**創意**：詩人努力發明前所未有的表達方式，並給予事物不凡角度的注視，如此求新求變，能站在時代趨勢的前端。

❧ 享受孤獨的美好 ❧

習詩能帶來諸多好處，當然值得花費大量的時間、心力。比較大的問題是，習詩的過程有其虛無縹緲之處，它沒有一套標準作業模式，可以讓你一個口

令一個動作跟隨。許多國文老師的死穴便是詩，詩好難教！而詩人往往會寫不會教，你大多時候必須自求多福，從閱讀經典作品當中努力揣摩「如何寫出一首好詩」。雖有教詩達人出版了一些操作型學習冊，不過他們只提供指引和方案，功還是得自己練。最終你得靠自己，下筆寫出作品。而你大概鮮有機會取得教詩達人及前輩詩人對你的作品的意見，你只能盡量覓得相對專業的讀者（國文老師、文藝同好），給你一些回饋，作為日後精進的參考。

　　你說，愛詩人顯得異類，同好難尋。話雖如此，但愛詩人並不因此孤獨。高處不勝寒，同道中人一旦相遇，那是他鄉遇故知的溫暖，尤其高手過招，即便門派有所不同，必也惺惺相惜吧。如果身邊沒有同好，處在數位時代的你，網路社群分門別類，到「雲端」和文學同儕以詩握手、相互取暖、彼此交流，路

已攤開在眼前。

　　即便「一個人」的時刻，愛詩人也不孤獨。閱讀一位詩人的詩集，你與那位詩人交朋友；面對稿紙寫作時，你與自己交朋友。我們應該珍視這樣美好的「一個人」狀態，里爾克曾言：「沒有人能給你出主意，沒有人能夠幫助你。只有一個唯一的方法，請你走向內心。探索那叫你寫的緣由……」（《給青年詩人的信》）

　　「為何寫詩？」這個問題，其實超乎詩是有用或無用的探討。詩若有某個好處，那也要看你用不用得到那個好處。「為何寫詩」的解答，正如眾詩人對於「詩是什麼」的說法，各有主張，這樣的繽紛歧異，恰恰凸顯了詩的創造精神──追求獨一無二的自己。

「詩是欲言又止的祕密」，真是個迷人的說法，說得精準。顧城：「詩就是理想之樹上，閃耀的雨滴。」迷人指數不遑多讓，且更富畫面感，可稱得上「一行詩」（內文只有一行的詩）了。你的說法呢？「詩是……」請給出一個「屬於自己的」詩的定義，這便是你的詩觀了。

解惑篇 **該多讀還是多寫？**

Q 　學新詩，國文老師會帶領我們賞析課本上的名家作品，講解一首詩的創作背景、主題內容、修辭方法等，並要我們背誦佳句。我有興趣提筆寫詩，文學社的老師提供我一份書單，包括各種版本的「詩選」，他建議我要多閱讀，讀多了，自然下筆如有神。可是詩選何其多，閱讀作品和提筆練習，都要花時間，我的時間有限，如果要分配時間比重，我應該多讀，還是多寫？而且，讀了太多前人的作品，會不會「產生不好的影響」，反而寫不出屬於自己風格的作品？（乃吉問）

A 回想自己從小到大，未完成的事，似乎永遠多過已完成的。如果有時間，便可以兼顧玩樂與功課；如果有時間，便可以把某項才藝練得更好；如果有時間，便不用熬夜去準備……這些沒完沒了的「如果」，罪魁禍首是「沒時間」。好在上天是公平的，每個人都只有 24 小時，不多也不少。你有權選擇，這 24 小時要怎麼用。

所謂「時間管理」，是把目標列出來，思考哪些事情對自己真正重要，決定目標的先後順序；其次，列出達成目標的方法，決定要採取什麼手段，在對的時間做對的事，把時間做正確而有效的利用。

✿ 手段是「閱讀」和「練習」 ✿

在寫詩這個例子，短程目標是「學會寫詩」，長程目標是「寫出好詩」；要採取的手段是「閱讀」和「練習」。

為了學會寫詩，前提是要認識「詩是什麼」，透過閱讀前人作品，確實有助於初步掌握詩的概貌。因此在提筆寫作之前，國文老師的新詩導讀，加以自己的課外閱讀，有其必要。你會想要寫詩，必定是在接觸詩的過程中，對它萌發了興趣，產生了好感，而有進一步探索的欲望。

要更深入詩，接下來是「新詩方法論」的涉獵，如果學校沒有專長於新詩寫作的老師可請教，一時也沒機會參加坊間的寫作班和文藝營，不妨找來這方面的導引書自行練習。這類著作提供了明確的操作原則，有具體軌道可以依循。詩人蕭蕭和白靈，同時也

是經驗老道的新詩教育家，相關著作不少，例如：蕭蕭《現代詩創作演練》、《現代詩遊戲》、《新詩體操十四招》以及白靈《一首詩的誕生》、《一首詩的玩法》《一首詩的誘惑》；小熊老師在下也推出了一本新瓶裝舊酒，新世代風格的《遊戲把詩搞大了》。就挑一兩本編排上讓你看得順眼的，來當你的「紙上家教」吧。

雖然這些「寫詩導引」也內含一些「示範作」，但光讀這些「舉例方便」的零星作品，你很難感到心滿意足。一位有志於新詩創作的潛力好手，必須攝取更多、更廣。但個別詩人的詩集何其多，所以一開始，可以讀「詩選」。詩選像是各式各樣成分比例不同的綜合維他命丸，專業的編者依特定標準披沙揀金，幫你從詩海裡撈出夠水準的作品。詩選的類型，有主題詩選、年度詩選、世代詩選、詩社詩選、網路

詩選等；也有以篇幅、行數為標準的詩選，其中以不
會帶來閱讀壓力的「小詩選」最受歡迎。

　　如果你是個時間緊迫的愛詩人，從「小詩選」讀
起是個不錯的選擇，因其篇幅短小，有助快速累積讀
詩經驗、建立成就感，而且通常涵蓋不同世代、不同
族群的作者，以及不同時代、不同主題的作品，多元
而且經濟，是很有效率的營養補充劑。張默編的《小
詩床頭書》選詩多元，廣度足夠；陳幸蕙編著的《小
詩森林》、《小詩星河》點評精闢，教育性強。

　　行有餘力，再任選一兩本來強化閱讀幅面。當代
詩歌的王道是抒情，愛情詩選不可忽略，陳義芝編的
《為了測量愛：當代愛情詩選》收的多是短小的篇章，
是精緻可口的選本。磚頭型的詩選，譬如馬悅然、奚
密、向陽合編的《二十世紀台灣詩選》，共選入五十
家詩人，每人選詩多首，分量、實力皆可觀；張默編

的《現代百家詩選 1952-2009》選入更多詩人，是帶你遍覽各世代名家的選本；蕭蕭、白靈合編的《新詩讀本》也是廣泛收入各家詩人的選本，還貼心列出「延伸閱讀」條目；李元貞編的《紅得發紫：台灣現代女性詩選》，則彰顯女性詩人的風貌與力量。

❀ 讀詩時，先問自己的感覺 ❀

以上多部詩選，多數附有詩作評語，大大消減入門者對許多詩「讀不懂」的困擾。然而詩的解讀，並無標準答案，編者的評語只提供一種解讀的路徑，千萬不要過度依賴它。讀詩的時候，請先問問自己的感覺，編者的評語則可作為自我感覺的印證、參照。

多讀的好處是：開拓眼界、見賢思齊。所謂讀多了反而「產生不好的影響」，是不知不覺模仿前人的句法、腔調，而導致自己的作品創意度不足。這問題

的根源並非多讀或少讀的問題，而是有沒有「獨創意識」的問題。無論讀得多或讀得少，只要你時時刻刻提醒自己要寫出跟別人不一樣的詩，獨創性便有機會開展。

其實，讀得少，「被前人影響」的危機更大，因為「有讀，便有影響」，而當你只被少數讀過的詩影響，從閱讀到創作的親屬關係太明確、血緣通道太單一。反之，多樣化的閱讀，讓你能夠比較完整地知道別人寫過什麼，從而避開他們的影響，不會落入自以為創新而別人早已寫過的窘境。

讀什麼、怎麼讀，沒有鐵的律則。但讀得多總是好的，「讀得多」的真義，不是比拚「讀過多少首詩」，而是「讀了多少不同風格類型的詩作」，以及「花了多少精神讀詩」。雜食性的閱讀，才能建構對於既有詩歌系統的認知藍圖，從而找到自己真正喜歡

的詩，知道自己想要寫出什麼樣的詩。一首詩，可以讀N遍——在不同時間、空間閱讀，收穫也不盡相同；與同好分享心得，更能透過激盪的火花琢磨出自己真正的看法。

✿ 寫，也是一種讀法 ✿

讀與寫，往往不是先後關係，而是交錯，甚至同時發生的。有時讀了一首好詩，會刺激你的靈感，助你產出你自己的好句子。邊讀、邊寫，拿鉛筆在喜歡的句子上打勾、圈起精妙的意象，書頁邊角寫眉批，慢慢建立你看詩的觀點。

一首詩讀過了，過一陣子再來讀，原本讀不懂的竟讀懂了，原本讀懂的則讀出更多訊息了。一首好詩，值得你反覆吟詠，甚至提筆寫詩向它致敬，寫，也是一種讀法。

　　既然讀與寫這麼糾纏不清，那麼，該多讀還是多寫？便是個無解或不必解的問題了。寫、讀之間的關係像是呼吸，一呼一吸其實相依相合、連綿不斷。所以我在「現代詩創作與欣賞」課堂上，總是主張「讀寫並進」，譬如先舉出幾首前人詩例，說明意象是什麼，再請同學們寫出具有意象的句子，這會幫助他們在之後的閱讀中，更能「主動」讀出名家詩作如何表現意象。亦即，寫的經驗，會提升讀的觸覺。

　　要讀多少，才足夠讓你下筆如有神？詩海無涯，永遠不會有讀完的時候。因此當你有了幾本詩選的閱讀基礎後，便可隨性為之──哪位詩人的詩句令你感動，就去找他的詩集來讀；對於愛情主題著迷，便去找愛情詩選來讀⋯⋯

　　該多讀還是多寫？硬要回答的話，那就多讀又多寫吧！多寫，不是「花多少時間寫」或「寫出多少作

品」，詩向來運轉的不是以量取勝之道。多寫，指的是你花很多心思去探索「寫詩」這件事，讀的時候想它，不讀的時候也想它，走在路上、坐在車上、躺在床上⋯⋯當你常常想著「寫詩」，久而久之，它就變成一件不想也在做的事，意象會自然而然溜進你的腦海，你只需要準備隨身筆記本把它記錄下來。

　　讀詩、寫詩，與其當成一個功課，不如當成一種享受。有興趣，就有時間。對一個真正的愛詩人而言，詩是隨時隨地的事，不必特別花時間去完成的。

用「寫」的心情與角度去「讀」，讀也成了一種寫。

讀一首詩的同時，可以自問：「對於這個題目、這

個段落、這個句子的處理，如果是我來寫，會怎麼

寫？」一時想不到怎麼做？不如惡作劇一下，幫它換

個標題，挪動句子的順序⋯⋯結果會變得很糟嗎？然

後，寫下一首被這首詩觸發的、你自己的作品。

Q　我曾將自己的詩作拿給家人看，爸媽表示看不太懂，我心想會不會是「代溝」的問題？於是改拿給幾個比較「知己」的同學看，沒想到，同學也看得「霧煞煞」，是我把詩寫得太晦澀了嗎？可是國文老師卻說我的詩寫得不錯，還想推薦給校刊發表，難道，不好懂的詩才是好詩？有沒有比較好懂的好詩？以及，我該寫好懂的詩嗎？（貓不理問）

A　詩人及詩評家們常討論「淺白」與「晦澀」的問題，一般都以為「淺白」的詩好懂，「晦澀」的詩難懂，這樣的看法似是而非，有待商榷。現代詩語

言的淺白，通常展現在「口語化」及「散文化」這兩
個特點，語言愈接近口語，或者通暢度愈接近散文，
讀起來愈輕鬆，譬如吳晟的許多詩作，就屬於這種淺
白的詩，以〈阿媽不是詩人〉為例：

不識字的阿媽
不是詩人
不懂詩詞歌賦風花雪月
辛勤的一生中
只知道默默奉獻堅韌的愛心

粗手大腳的阿媽
不是詩人
不懂隱隱藏藏暗喻比興
坦朗的一生中
只知道直著心腸說話

忙碌操勞的阿媽
不是詩人
不懂安適飄逸幽雅閒愁
艱苦的一生中

只知道盡心盡力流汗
一滴一滴滋養家鄉的田地

孩子呀！而你們要細心閱讀
阿媽在泥土上的每一步足跡
——不是詩人的阿媽
才是真正的詩人

　　把這首詩分行的句子串連起來，加幾個標點符號，不用增添任何「潤滑」字詞，便成了相當通暢的散文：

　　不識字的阿媽不是詩人，不懂詩詞歌賦風花雪月，辛勤的一生中，只知道默默奉獻堅韌的愛心。

　　粗手大腳的阿媽不是詩人，不懂隱隱藏藏暗喻比興，坦朗的一生中，只知道直著心腸說話。

　　忙碌操勞的阿媽不是詩人，不懂安適飄逸幽雅閒愁，艱苦的一生中，只知道盡心盡力流汗，一滴一滴

滋養家鄉的田地。

孩子呀！而你們要細心閱讀阿媽在泥土上的每一步足跡——不是詩人的阿媽，才是真正的詩人。

除了「比興」兩字需要查一下字典（比是比喻，興是寄託），及「坦朗」約為「坦然且明朗」的精鍊用法，通篇並無太多難字，這種近乎散文分行的句子，是形式的淺白。可真的好懂嗎？

這首詩至少有兩個「不算好懂」。

首先，雖前三段明白地陳述了阿媽的個性，刻畫其形象，但到了第四段，敘說者對他的孩子呼告，要「要細心閱讀阿媽寫在泥土上的每一步足跡」，其實已透過「閱讀足跡」，將「足跡」比喻為「詩行」。即便如此，我們仍不明瞭為何阿媽因為一生辛勤踏在家鄉田地上的泥土，便得以成為真正詩人？其因果關係並非理所當然。作者透過描繪一個不用文字寫

詩的阿媽，來暗指許多用文字寫詩的詩人其實是「假
詩人」，這樣的觀點是一種批判，而且批判得相當強
烈，只是透過迂迴的手法隱藏言語鋒芒。為何阿媽是
一個真正的詩人？需要讀者咀嚼一番才得以找出自己
的答案。這首詩傳達出詩人的創作觀：一個好詩人
的條件是要有好的人格，必須良善、無心機、懂得
付出，如果做不到這一點，即便再怎善於詞藻功夫，
也只是花言巧語而已，不是真正的詩人。此詩「不算
好懂」之處在於，雖語言淺白，其傳達的概念卻是需
要花點力氣去理解，語言的淺白，是形式問題，傳達
的概念，是內容問題。形式上好懂，不代表內容就好
懂。

　　第二個「不算好懂」，則出於對這首詩書寫形式
的「不解」，現代詩是擅長更多跳躍、更多隱藏的文
學語言，可以採取更花稍、更晦澀的表現形式，為何

詩人吳晟要守著這一清如水的語言？對於台灣現代詩閱讀經驗較豐富的行家而言，吳晟的詩，沒有突出的「外表」，讀起來不易在第一時間令人感到「過癮」，吳晟對此應該了然於心，但為何吳晟的詩一直以來注重內容而樸拙其形式？因其內容追求一種胸懷的體現，他選擇的文學語言必須合於其內容。當讀者感受到其詩歌語言的淺白，卻未必能理解到，詩人吳晟找到了一種最適合其詩歌內容的表現形式，自成一家體系。

所以，終極的問題不在於淺白好或不好，而在於那樣的淺白適不適合那樣的詩人。詩的好壞、藝術性的高低，並非由淺白、晦澀的分野來決定；淺白的詩也不見得比較好懂，有時淺白的詩，是讓你誤以為自己讀懂了，其實未必。

讀了一首「淺白」的詩，我們再來讀一首「晦澀」

的詩──碧果〈異形之夜〉：

夜　如畫。
大廳内迴旋的樓梯上
擠滿血肉抽離的　空無的什麼
無數張開的嘴巴　噴出火山的岩漿
聲如空爆。

我　沒聽眞切
大夥們　說了些什麼

終了
燈　都遁逃了。

夜　像隻流浪的肉食生物
被一張大手捉住，混天黑地的
扔在一輛正開走的車上。

　　此詩有如達利超現實畫作的風格，第一段便給

出生猛的意象，造出鮮明場景，說夜（其性質是黑、

冷）如晝（其性質是白、暖），透過晝夜性質的矛盾來製造戲劇化的效果。緊接著「無數張開的嘴巴　噴出火山的岩漿」諸句，形塑出一個鬼魅氣息的空間，「聲如空爆」則掀起一個小小的高潮。

　　第二段置入了詩中說話者「我」，讓「我」參與詩中情節。第三段「燈　都遁逃了」是「燈滅」的擬人化、高張力的講法，把第一段如白晝那般喧譁的夜壓回平靜的黑。第四段讓「夜」形象化為一隻不知究竟是什麼的生物（呼應詩題「異形」），被「扔在一輛正開走的車上」。此詩末句最令人納悶，為何如此結局，詩人要表達什麼？前頭的鋪陳引人好奇，想一探究竟，可讀到了尾聲，這麼樣戛然而止，想必不少讀者如墜五里霧中吧！

　　所謂的「懂」，分「知性的理解」與「感性的接收」。此詩在知性理解部分雖讓人丈二金剛摸不著頭

腦，但無疑是一趟濃烈的感官之旅，是一首「可感度」極高的詩。可感度高的詩，能夠持續抓住讀者對一首詩的興趣，願意反覆咀嚼，終至「參透」它。如果用「聯想力」讀法去讀碧果這首〈異形之夜〉，不妨將其理解為作者的一個失眠夜，因睡不著而起身開燈，產生黑夜如白晝的效果，而夜如晝也暗示了詩人內心的高昂狀態，腦海裡閃過了許多黑色想像，「我」遂創作著一首超現實詩歌……此詩到了尾聲，作品即將完成，燈滅，收筆，「我」睏倦了，那輛正開走的車上，搭載著詩人的「異形之夜」，往夢境駛去了吧！

　　碧果這首詩晦澀，但真的難懂嗎？或許一開始是「難解」的，卻非「無感」。既然「有感」，便「有懂」。反過來說，會不會有些詩作，十分容易理解，卻讓你毫無感受？那樣的詩，即便好懂，卻也無甚價

值吧。以抒情詩而言，可感的重要性往往高過可解。

　　有淺白的好詩也有淺白的壞詩，有晦澀的好詩也有晦澀的壞詩，詩的好壞不取決於淺白與晦澀。淺白與晦澀的是現代詩語言形式上的兩個極端，但那與好懂、難懂是兩回事──淺白不見得好懂，晦澀不見得難懂。但無論如何，一首好詩讀到最後，必定是可以懂的，無論是可解、可感，或兩者兼具。

　　一般而言，淺白的詩較有讀者緣，讀者的面向較寬廣，比較容易讓未具高度文學素養的親朋友好友抓到一些訊息，但他們未必就能體悟其間妙處。晦澀的詩，訴求的往往是看門道的專業讀者，他們讀詩不怕解謎，有足夠耐性去面對層層晦澀，不好的詩，別奢望透過晦澀的外表蒙蔽其法眼。

　　沒有真正好懂與真正難懂的詩。只要發揮聯想力，多讀幾次，最終一定能懂。好懂與難懂，不完全

取決於作者端，還取決於讀者的背景、能力、耐性是否足夠；時代語境的差異也有影響，例如一首詩如果高度連結了某個時代專有的事物，便容易與其他時代的讀者產生隔閡。

「該寫好懂的詩嗎？」如果你要問的是「詩該寫得淺白或晦澀？」那麼這問題無人能回答，淺白的語言或晦澀的語言，哪一種最適合你，你必須自己嘗試、實驗、探索……

「該寫好懂的詩嗎？」不如把問題中的「懂」字拿掉，「該寫好的詩嗎？」嗯，去找到一種自己心目中認定的好詩，並朝著那個方向前進吧！

任意取一首詩，研究其「好懂指數」，可劃分為「可感度」、「可解度」兩個子項目，依循自己的理解與感受給分，以星星代表分數。譬如吳晟〈阿媽不是詩人〉，可解度三顆星，可感度五顆星，加起來的「好懂指數」是八顆星。又如碧果〈異形之夜〉，可解度二顆星，可感度五顆星，加起來的「好懂指數」是七顆星。

寫小我還是大我？

Q 我喜歡讀感人的情詩，以及從生活的小事物、片段風景中提煉美感的詩。我在練習寫詩的時候，也致力於捕捉「感覺」，有時甚至只是表露一種莫名的心情，沒有明確的主題，自己也很難詮釋它到底在講什麼。

但是詩社的學長告訴我，如果有志於文學，必須把自己的視野打開，不要停留於小鼻子小眼睛的「肚臍眼」寫作，必須文以載道，展現對大社會大歷史的關懷。我為此感到迷惘，難道小情小愛小角落的書寫，就是目光如豆嗎？一定要寫「大事」才有大格局嗎？（愛滴答問）

要不要「文以載道」，是每個寫作者都會遇到的「典型」問題。

情詩是市民大道

現代詩作為一種當代抒情文體，給了情思滿溢的人們一條抒發通道。那些知名度高的詩人所寫的受歡迎的詩作，絕大多數是「情詩」，足見「情詩是王道，更是市民大道」。鄭愁予的〈錯誤〉、席慕蓉〈一棵開花的樹〉、夏宇〈甜蜜的復仇〉、洛夫〈因為風的緣故〉，乃至羅智成《寶寶之書》以及陳義芝、陳育虹、敻虹、林泠的諸多名篇，都是愛情之詩。情詩的「市場需求」最高，讀者讀詩往往從情詩開始讀起，詩人寫詩往往從情詩開始寫起，尤其在那為賦新詞強說愁的青澀年紀，誰不愛情詩呢？

「情路」既為人生不可避免的道路，那麼書寫關

乎情的喜怒哀樂，難道算不上「文以載道」的另一種
詮釋？廣義的情詩，可泛指各種表述心情的詩作，不
止於愛情，在此意義之下，情詩更是不折不扣的「人
生之道」。如果你喜歡情詩，而且只讀情詩、只寫情
詩，也沒什麼好難為情的。

🐾 詩人是知識分子 🐾

有人把「文以載道」的「文」窄化為「文章」或
「散文」，認為「詩主情，文載道」。這樣的說法難
以成立，畢竟也有只抒情而不說理的散文啊，並非所
有散文都「文以載道」。比較合理的說法是，「文以
載道」之「文」，泛稱所有文類，即所有文學作品。

「文以載道」作為一種文學觀點，「道」指的是
聖賢之道，落實在當代的語境，指的是文學書寫要
「言之有物」。這樣的詩，作為「情思」的表達，在

「情與思」當中更側重「思」，即思想。「文以載道」之詩背後蘊含思想，對於事物的看法，存在著「立場」，透過抒情美學打動讀者之餘，也隱藏著說服讀者的企圖。詩人文以載道，充滿知識分子的自覺，感時憂國，肩負社會良心，握有一支影響他人的筆，領著眾人（無論大眾或小眾）朝向正確的道路前行。所有的「社會詩」，包括政治詩、反戰詩、環境詩（生態詩），都可納入「文以載道」的詩路。走在這條路上的詩人，有向陽、白靈、劉克襄、吳晟等，他們的作品，普遍被認為比較關注「現實」，歷史意識、鄉土情懷強烈。

🐾 詩路，可否二分？ 🐾

攤開在眼前的詩路，可否二分為「小我」與「大我」書寫？雖然這樣的二分法行之有年，我姑且沿

用，但個人認為這樣的分類並不完美。如果情詩「大眾」而社會詩相對「小眾」，大眾之詩反而成了小我，不免奇怪。如果以兒女私情對比於家國社稷，將詩作題材內容二分為「輕」與「重」，也不盡適切，愛之深濃往往涉及生離死別之重，怎可斷然以「輕」概括？

　　「純詩」與「社會詩」也是詩壇常見的二分法，前者「關注藝術」（為藝術而藝術），後者「關注現實」（為社會而藝術）。前者注重藝術表達（語言）的手法（形式）是否迭有進境，寫什麼非關鍵，重點是「怎麼寫」；後者注重內容面的開展如何回應社會現實，「寫什麼」是核心。無論是「純詩」或「社會詩」，兩者都離不開人類心靈的結構，這兩者或許路徑有別，但並無哪個崇高哪個膚淺的差別。一首詩之所以成功，是因詩人覓得了最適當的語言去表述其所

思所感，無論是「純詩」或「社會詩」，我們都可以找到好作品的例子。無論是「純詩」或「社會詩」，都對「詩的教化」有所貢獻，扮演著培育美學鑑賞力與提升人文素養的社會功能。

「小我」vs.「大我」，「純詩」vs.「社會詩」，其間充滿灰色地帶，我們不宜把這種「二分法」看得太重。

在詩壇，你很難找到從沒寫過情詩的詩人，同樣的，也很難找到從未「文以載道」的詩人，通常是，有人寫了比較多情詩，有人寫了比較多「文以載道」之詩，如此差別而已。

羅智成的情詩和史詩各有迷人之處。經營一系列「金門」戰地詩歌的白靈，不也和向明合編了一本主張「面對詩，不必太嚴肅」的《可愛小詩選》。可見「小我」與「大我」書寫（如果這種分野確實存在的

話），在一個詩人的寫作體系裡，並非此消彼長、你贏我輸的零和遊戲。

萬事萬物皆可入詩，入詩之事無分大小。詩如果不寫家國大事，只歌詠一場美好的午茶，吐露見一朵花開的感動，亦無不可。《可愛小詩選》裡，親和力強、螢火蟲般的小品，俯拾皆是。詩如果試圖批判、報導、表達特定立場、為某一族群發聲，則千萬別只顧說理講事而忽略感性層次，那會淪為壞詩。向陽〈咬舌詩〉，即兼顧社會批判和語言創意，是感染力豐富的經典佳構。

初踏上詩路的入門者，先不必自限於小我或大我，何不在閱讀上多元攝取、寫作上多方嘗試，最終，無論你走向了小我、大我或兩者之疊合，都可走出一番好風景，創造屬於自己的「詩的真實」。

有人認為：小我書寫，是「詩來找我」，觸景生情，
靈感來訪，自然成詩；大我書寫，是「我去找詩」，
有話想說，擬個題目，去作功課，研讀史料，田野調
查，再慢慢把詩經營起來。一般而言，初學者的寫作
經驗裡，以「詩來找我」居多，「我去找詩」較少。
那麼，為了提升這方面的「經驗值」，現在就來練習
寫個大題目的大我書寫吧，寫一個不止關乎自己的大
事件，譬如遠方的戰爭、驚天動地的災難、環境的人
為破壞……選定題目後，為了掌握事件的來龍去脈、
具體場景，得去閱覽一些史料，包括報導、評論、照
片等，作足功課後，再出手。

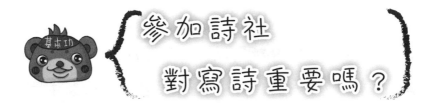

參加詩社
對寫詩重要嗎？

Q 我對寫新詩有興趣，也讀了一些名家的詩集，常見詩人在其簡歷提及自己曾加入某某詩社，或現為某某詩社成員。請問，我有必要參加詩社嗎？詩社對寫詩有什麼幫助？（黑眼圈問）

A 參加詩社有什麼好處？讓我們先來逆向思考一下，聊聊參加詩社的壞處。參加詩社至少有如下幾個壞處：

1.**無法享受孤獨**

寫作本是一件相當個人的事，只要一支筆一張紙，或一部電腦，便可獨力進行。不像某些活動，必

須成群結隊：舞團、樂團、合唱團、車隊、球隊、登山隊……

寫作是一個人面對自己的感情和思想的孤獨時刻，人在孤獨中可以沉澱、反芻，那是一個「我寫故我在」的心靈角落，無人幫你打理、看管，你是自己的主人。

寫作的養分經常來自閱讀，那一樣是令人享受的孤獨時刻，無人幫你領受書中的美好，如人飲水，冷暖自知。

詩社把一群愛詩者聚集起來，相互取暖，若沉迷其中，耗上太多力氣，可能減少了一個人好好醞釀其作品的孤獨時刻。

2.**活動干擾寫作**

詩社多會舉辦些讀詩會、演講及座談，成員經常分享、品評彼此作品，切磋觀念，相約參加外頭的詩

歌活動，也可能有作品發表會，自印詩刊登出成員的作品。

　　既有諸多活動，便涉及了企畫與行政，架構組織，募集資源。這些雖有助於提供成員文學的環境，但奔忙於瑣碎事務間，其實是無關文學的，透過一些無關文學的運作，來創造文學的環境，會否弊多於利，可得好好衡量。

　　3.**群性蓋過個性**

　　一般的校園詩社，以帶動寫作氛圍為主要目標；企圖心較大者，會對文學史上留名的詩社或當下在文學圈享有盛名的詩社，起見賢思齊之心，試圖建構文學理念、美學觀點，甚至高舉旗幟，少年英雄，宣稱將有一番作為。

　　可年紀輕輕的寫作者，其對於現代詩發展的脈絡、對詩史的理解，是否足以支持他去選擇一條路

線、一個主義？棲身一個有形的組織，對於創作者而言，是團結力量大？還是個人自由的稀釋？一個協議式的主張，不總是充滿了妥協？

你希望自己作為獨立的創作個體被認識？還是作為詩社的一個成員被認識？

如果說詩社還有什麼壞處，那就是：隨時可能成為「倒社罪人」。文學社團總是冷門社團。詩社的社長最大的責任可能不是想活動、找場地、募資源，而是「去哪裡找社員」。文靜的詩社不如熱音社、熱舞社那般熱鬧吸睛，亦不如電影社、動漫社那般符合通俗興趣，高處不勝寒的結果，「殘存」的社員往往是下一屆社長熱門人選，社長也十分有機會成為下一屆最後一個社員，最後一個社員撐不住時，便成為倒社罪人啦。動輒末代，是詩社的常態。

不過，如果我們從以上述及參加詩社的壞處，再

逆向思考一番，這些壞處當中或許埋藏著好處。

1.喧囂裡找孤獨

寫作是孤獨時刻的享用，閱讀也是，但從事寫作與閱讀的周邊活動，不見得就抹殺了寫作與閱讀本身。同類相聚，相互取暖之餘，透過作品分享、觀念辯證，反倒能磨亮同類當中的異質。發展獨特性的基礎是，認識自己與「他者」的不同，其他詩社成員提供了一個微型的「他者」樣本，無論是寫作的題材興趣、語言氣質等，都同中存異；在閱讀的對象、閱讀的方法、閱讀的心得、閱讀的分量上，亦是同中存異。當你投入眾人的喧囂，喧囂能激起你個人的創作欲，更投入寫作與閱讀的孤獨時刻。

2.把活動寫作化

活動行政無關文學的本質，就像寫作之前你得先有電腦紙筆，閱讀之前你得找到一個安靜自在的角

落，正事之前的準備工作，當然無關文學的本質，卻是必要手續。寫作題材的開發，有時需要一趟旅行、幾次走訪、反覆考證……這些準備一個人便可進行，但三兩文友一齊行動，分擔工作也好壯膽也好，讓「出發」變得更容易，當然，繆思的「完成」，落筆為文，終究得回歸到獨一無二的個人──集體出發與個人完成，不相衝突。

從古至今，詩人圈一直保有相互應和、酬答的傳統，集體創作也有其不同凡響的趣味與範式，有心人不妨把活動「寫作化」，作品發表會的呈現、詩刊的編排方式、海報文案的書寫，若能用創作的心情去面對，當能拓寬一個文人的「身手」。

3.群性中凸顯個性

個人作品完成之後，透過彼此交流，可以碰撞出回聲；文學觀念的萌發，透過意見各表，有助於釐清

自己真正相信什麼。經驗值較高的文友，對入門者能
起導引之功；經驗值相近而經驗面向不同的文友，則
能有相互激發、截長補短之效。

在網際網路的分眾社群當中，結交文友靠的是氣
味相投及緣分巧合，寫作同儕的聚合不必然通過結
社。然而寫作同儕的聚合也無須刻意排拒結社。詩社
是寫作同儕的制度化，讀書會、讀詩會、演講會……
一系列的活動規畫，讓求知、練技的進程更有系統、
更有效率。

一個詩社通常有其宗旨，及行動的方向與重點。
正因選定一條路線、一個主義，得基於對「詩史」的
深刻理解，所以詩社的成員當更積極地作功課，盡可
能全面地認識現代詩，以確認自己實踐的理念並非來
自偏頗與無知。文學史就是不同的創作集群合力構成
的光譜，每一個集群裡的作家，即便被歸入哪一主義

哪一派別，不會因此失去個人特色。創世紀詩社的洛夫、瘂弦、張默、碧果、辛鬱諸前輩，星群一般，在現代詩運動裡同盟作戰，磨礪彼此，共創典範，但每一位詩人依舊保有其風格，自成一個亮點。

加入詩社，動輒成為社長或核心成員，隨時可能成為倒社罪人。那又何妨！人數少，動輒倒社，認知到這一點，反而更無壓力，可以放手一「玩」，即便流星，也要留下漂亮的軌跡。「少數」也代表著更少妥協與遷就，更加自由，重點是，有沒有用創意去經營詩社、把詩社經營出個性！只要扯上詩（詩人、詩社、詩集、詩刊、詩展、詩劇……），便是個性的藝術，詩社提供一個舞台，供你實驗詩的一切。沒有詩社可參加的話，乾脆自創一個，從一人詩社開始，當開朝元老！

回到一開始的問題：「參加詩社對寫詩重要嗎？」

可以重要，也可以不重要。詩社跟詩人一樣百百種，有些詩人踽踽獨行，有些詩人則成群結隊。參加詩社當然不是寫詩的必要條件，但確實有許多詩人從中獲得養分與力量。詩人是否參加詩社，除了是選擇的問題，也是機緣的問題啊。

2007 年笠詩社的《笠詩刊》曾對當時的青年詩人發

出一份問卷（由李長青策畫），其中一個問題是——

相對於副刊或文學雜誌，你覺得詩社的詩刊其獨特的

意義在於（不可複選）：

（1）延續現代詩的香火

（2）刺激寫作實驗性或前衛性的作品

（3）實踐該詩社所獨具的詩美學觀點

（4）提供初學寫詩者的磨筆之處

（5）提供詩人們相互取暖的園地

（6）提供文學聯誼平台

（7）沒有意義

你選哪一個，不同詩人自有不同回答。如何回答問題，

將透露出你對於詩的需求，以及你對於詩社的想像。

本書引用詩例出處（按詩例於書中出現順序排列）

羅任玲〈風之片斷〉：《一整座海洋的靜寂》（爾雅）

徐國能〈嚮往〉：《聯合報・副刊》（2012.2.11）

聞一多〈國手〉：喻麗清編《情詩一百》（爾雅）

席慕蓉〈一棵開花的樹〉：《七里香》（大地）

夏宇〈甜蜜的復仇〉：《備忘錄》（自印）

尹玲〈進入永恆〉：向明編《曖・情詩──情趣小詩選》（聯
經）

紫鵑〈縮小〉：向明編《曖・情詩──情趣小詩選》（聯經）

夐虹〈死〉：《夐虹詩集》（大地）

林武憲〈柳樹的頭髮〉：林世仁編《樹先生跑哪去了？童詩精
選集》（天下雜誌）

周夢蝶〈藍蝴蝶〉：《十三朵白菊花》（洪範）

楊小濱〈瓷：斷章十二則〉：《景色與情節》（北京：世界知識）

管管〈荷〉：《管管詩選》（洪範）

蘇紹連〈手電筒〉（之二）：《私立小詩院》（秀威）

藍雲〈傘〉：《藍雲短詩選》（香港：銀河）

路寒袖〈水蜜桃〉：《聯合報・副刊》（2012.6.28）

蕓朵〈燈與女人〉：《玫瑰的國度》（釀出版）

路寒袖〈祝福〉：《走在，台灣的路上》（遠景）

路寒袖〈竹拱橋〉：《走在，台灣的路上》（遠景）

張默〈水的大合唱──初旅威尼斯〉：《獨釣空濛》（九歌）

張默〈初臨玉山〉：《獨釣空濛》（九歌）

吳晟〈我心憂懷〉：焦桐主編《2011台灣詩選》（二魚）

阿布〈美麗灣〉：白靈主編《2012台灣詩選》（二魚）

嚴忠政〈如果遇見占拉〉：《如果遠方有戰乎》（小知堂）

隱匿〈有核／不可〉：《自由時報‧副刊》（2012.3.12）

簡政珍〈過年〉：《現代百家詩選1952-2009》（爾雅）

蘇紹連〈獸〉：《驚心散文詩》（爾雅）

蘇紹連〈貓的美學〉：《聯合報‧副刊》（2005.5.21）

席慕蓉〈樓蘭新娘〉：《無怨的青春》（大地）

高行健〈夜間行歌〉：《遊神與玄思》（聯經）

駱以軍〈一個老婦在輪椅上緊握她從前的郵票肖像〉：《棄的
　　　故事》（自印）

陳雪〈逃〉：《聯合報‧副刊》（2007.9.18）

波赫士〈波赫士和我〉：游淳傑譯《波赫士》（光復）

吳晟〈阿媽不是詩人〉：《甜蜜的負荷──吳晟　詩‧誦》（國
　　　立台灣文學館）

碧果〈異形之夜〉：《詩是屬於夏娃的》（秀威）

（以上未列入課堂學生練習作品及老師示範作品）

國家圖書館出版品預行編目（CIP）資料

玩詩練功房 / 林德俊文 . -- 初版 . -- 台北市：
　　幼獅，2014.10
　　　面；　公分 . -- （工具書館；3）
　　ISBN 978-957-574-969-9（平裝）

　　1.詩法

812.11　　　　　　　　　　　　103015991

• 工具書館 • 003

玩詩練功房

作　　　　者＝林德俊
封 面 繪 圖＝圖　倪
出　　版　　者＝幼獅文化事業股份有限公司
發　　行　　人＝李鍾桂
總　　經　　理＝王華金
總　　編　　輯＝劉淑華
主　　　　編＝林泊瑜
編　　　　輯＝周雅娣
美 術 編 輯＝馬皓筠
總　　公　　司＝10045台北市重慶南路1段66-1號3樓
電　　　　話＝(02)2311-2832
傳　　　　真＝(02)2311-5368
郵 政 劃 撥＝00033368

門市
• 松江展示中心：10422台北市松江路219號
　電話：(02)2502-5858轉734　傳真：(02)2503-6601
• 苗栗育達店：36143苗栗縣造橋鄉談文村學府路168號（育達科技大學內）
　電話：(037)652-191　傳真：(037)652-251

印　　　刷＝崇寶彩藝印刷股份有限公司　　　　幼獅樂讀網
定　　　價＝250元　　　　　　　　　　　　http://www.youth.com.tw
港　　　幣＝83元　　　　　　　　　　　　e-mail:customer@youth.com.tw
初　　　版＝2014.10
書　　　號＝983042

本書入選之文章大多已取得原作者或作者的繼承人、代理人同意授權編入，部分作者因無法聯繫
上，尚祈諒解，若有知道聯絡方式，煩請通知幼獅公司編輯部，以便處理，謝謝！

幼獅文化公司 ／讀者服務卡／

感謝您購買幼獅公司出版的好書！

為提升服務品質與出版更優質的圖書，敬請撥冗填寫後（免貼郵票）擲寄本公司，或傳真（傳真電話 02-23115368），我們將參考您的意見、分享您的觀點，出版更多的好書。並不定期提供您相關書訊、活動、特惠專案等。謝謝！

基本資料

姓名：＿＿＿＿＿＿＿＿＿＿＿＿＿＿＿＿先生／小姐

婚姻狀況：□已婚 □未婚　職業：□學生 □公教 □上班族 □家管 □其他

出生：民國＿＿＿＿＿年＿＿＿＿＿月＿＿＿＿＿日

電話：（公）＿＿＿＿＿（宅）＿＿＿＿＿（手機）＿＿＿＿＿

e-mail：＿＿＿＿＿＿＿＿＿＿＿＿＿＿＿＿＿＿＿＿＿＿＿＿＿

聯絡地址：＿＿＿＿＿＿＿＿＿＿＿＿＿＿＿＿＿＿＿＿＿＿＿

1. 您所購買的書名：**玩詩練功房**

2. 您通常以何種方式購書？：□1.書店買書 □2.網路購書 □3.傳真訂購 □4.郵局劃撥
（可複選）　□5.幼獅門市 □6.團體訂購 □7.其他

3. 您是否曾買過幼獅其他出版品：□是，□1.圖書 □2.幼獅文藝 □3.幼獅少年
　　□否

4. 您從何處得知本書訊息：□1.師長介紹 □2.朋友介紹 □3.幼獅少年雜誌
（可複選）　□4.幼獅文藝雜誌 □5.報章雜誌書評介紹＿＿＿＿＿報
　　□6.DM傳單、海報 □7.書店 □8.廣播（　　　）
　　□9.電子報、edm □10.其他＿＿＿＿＿

5. 您喜歡本書的原因：□1.作者 □2.書名 □3.內容 □4.封面設計 □5.其他

6. 您不喜歡本書的原因：□1.作者 □2.書名 □3.內容 □4.封面設計 □5.其他

7. 您希望得知的出版訊息：□1.青少年讀物 □2.兒童讀物 □3.親子叢書
　　□4.教師充電系列 □5.其他

8. 您覺得本書的價格：□1.偏高 □2.合理 □3.偏低

9. 讀完本書後您覺得：□1.很有收穫 □2.有收穫 □3.收穫不多 □4.沒收穫

10. 敬請推薦親友，共同加入我們的閱讀計畫，我們將適時寄送相關書訊，以豐富書香與心靈的空間：

(1) 姓名＿＿＿＿＿ e-mail＿＿＿＿＿ 電話＿＿＿＿＿

(2) 姓名＿＿＿＿＿ e-mail＿＿＿＿＿ 電話＿＿＿＿＿

(3) 姓名＿＿＿＿＿ e-mail＿＿＿＿＿ 電話＿＿＿＿＿

11. 您對本書或本公司的建議：

廣　告　回　信
台北郵局登記證
台北廣字第942號

請直接投郵　免貼郵票

10045　台北市重慶南路一段 66-1 號 3 樓

幼獅文化事業股份有限公司